$Tc \, \dfrac{14}{8}$

$\underline{T.3536.}$
$\underline{Inc.}$

HYGIÈNE

DE

LA BOUCHE.

IMPRIMERIE DE MIGNERET, RUE DU DRAGON.

HYGIÈNE

DE LA

OU

TRAITÉ DES SOINS QU'EXIGENT L'ENTRETIEN DE LA BOUCHE

ET LA CONSERVATION DES DENTS;

PAR O. TAVEAU,

CHIRURGIEN DENTISTE,

REÇU PAR LA FACULTÉ DE MÉDECINE DE PÀRIS.

Dédié aux Mères de Famille.

Je tiens plus à conserver qu'à détruire.

Paris.

L'AUTEUR, QUAI DE L'ÉCOLE, Nº 12.
BÉCHET, Libraire, Place de l'École de Mé-
decine, Nº 4.
CHEZ
BAILLIÈRE, Lib., rue de l'École de Médecine.
DENTU, Lib., Palais Royal, galeries de bois.

1826.

Aux Mères de Famille.

Mesdames,

Une Dedicace n'est souvent qu'un acte de flatterie ou une lettre de sollicitation. J'ai voulu m'écarter en cela de la route commune, & j'ai pensé qu'un livre ne devait être dédié qu'aux Personnes auxquelles il s'adresse. Sous ce rapport le mien vous appartient tout entier : puissé-je être assez heureux pour vous faire sentir l'importance des soins qu'exige l'entretien de vos bouches & de celles de vos enfans, & pour vous guider dans le choix des Hommes de l'art que vous chargerez de l'honorable mission de diriger ces soins, & j'aurai rempli ma tâche.

En accueillant ce faible hommage avec cette bienveillance affectueuse & cette bonté particulière dont sont empreintes toutes les actions de votre sexe, vous comblerez tous les désirs de votre très-humble & très-obéissant serviteur,

O. Taveau.

HYGIÈNE

DE

LA BOUCHE.

—

INTRODUCTION,

OU

DISCOURS PRÉLIMINAIRE

DESTINÉ A FAIRE RESSORTIR L'IMPORTANCE DES SOINS
QUE RÉCLAME L'ENTRETIEN DE LA BOUCHE.

Sɪ les soins que nous donnons aux différentes parties de notre corps étaient
toujours proportionnés au nombre et à
l'importance des fonctions confiées aux
organes qui les composent, il en est peu
sans doute qui mériteraient une attention
plus soutenue que la bouche.

Siège du goût, c'est elle qui nous fait ac-
quérir la connaissance des qualités sapides
des corps, et nous offre ainsi pour notre
conservation, par l'intermède de ce sens

1

précieux, des avis qui se renouvellent à chaque instant sous le caractère séduisant du plaisir. Auxiliaire presque indispensable de l'estomac dans l'acte de la digestion, c'est elle qui fait subir aux substances étrangères dont nous faisons notre nourriture habituelle, le premier de ces changemens successifs, en vertu desquels elles deviennent pour chaque organe les élémens de sa nutrition et les matériaux de son accroissement.

Telle est l'importance de la bouche, seulement sous ce double rapport du goût et de la digestion, que tous les médecins, anciens et modernes, qui se sont occupés soit de rechercher les rapports qui existent entre la structure des êtres organisés et les phénomènes dont sont chargés leurs organes, soit de déterminer les conditions sur lesquelles repose chez eux la conservation de la vie, n'ont rien négligé de ce qui pouvait conduire à la connaissance intime de sa composition.

Les poëtes eux-mêmes, dont le génie

s'enflamma toujours à l'idée de tout ce qui peut contribuer au bien-être de l'homme, ont chanté les douceurs du goût et les avantages de la mastication ; et si nous consultions l'histoire, nous trouverions que plusieurs peuples ont attaché tant de prix aux fonctions de la bouche, qu'ils ont fait des précautions desquelles dépend son état de santé naturel, tantôt l'objet de soins légalement obligatoires, tantôt le sujet de préceptes religieux.

Mais quelque nécessaire que soit l'intégrité de la bouche pour l'entretien de la vie et la conservation de la santé, tout ce qu'on a pu faire ou dire à son égard semblerait peut-être exagéré, si cette partie ne procurait encore à l'homme quelque chose de plus que des intérêts purement matériels, ou, pour mieux dire, si elle ne contribuait de la manière la plus directe à multiplier les jouissances de son être moral en agrandissant la sphère de sa vie de relation.

La bouche n'est-elle pas en effet le

centre et la partie la plus remarquable de la physionomie, ce miroir si rarement trompeur sur lequel viennent se peindre tous les sentimens qui peuvent agiter le cœur humain, ce transparent vivant de l'âme qui tout-à-coup nous séduit ou inspire de l'aversion.

Faisant de la bouche l'objet d'un culte non moins cruel que ridicule, quelques peuples sauvages ont pu, dans cette dépravation du goût qui accompagne l'ignorance et la barbarie, faire subir aux lèvres et aux dents d'horribles mutilations, et outrager ainsi la nature en voulant l'orner. Mais s'il est une vérité qui ne s'est jamais démentie, c'est que tous les peuples civilisés, toutes les nations chez lesquelles la culture des beaux arts a produit une connaissance intime de l'harmonie qui doit régner dans les formes humaines, n'ont pas plus varié sur la part que prend une bouche saine et régulière dans la beauté et l'agrément de la physionomie, que sur le genre de soins dont les différentes parties qui la composent sont susceptibles.

A Athènes comme à Rome, et à Paris comme à Athènes, des dents sales, rongées par la carie ou couvertes de tartre, une haleine fétide, ont été des sujets de dégoût et des motifs d'éloignement ; tandis qu'il y a deux mille ans comme aujourd'hui, et dans deux mille ans comme demain, des lèvres fraîches, une haleine pure, des dents blanches et régulièrement placées, des gencives vermeilles ont été et seront assurément le plus vanté comme le plus piquant des attraits.

Tels sont même l'impression forte et l'ascendant irrésistible que peut exercer sur nous l'aspect que donnent à la physionomie certaines dispositions de la bouche, que nous nous trouvons quelquefois engagés pour la vie dans des nœuds indissolubles par un seul mouvement des lèvres et par la toute-puissance d'un sourire.

Les avantages que l'homme retire ,

dans ses rapports sociaux, de l'intégrité
de la bouche considérée comme partie
essentielle de la physionomie, sont donc
incontestables ; eh bien! ils ne sont rien
encore en comparaison de ceux qu'elle
lui procure comme organe de l'articulation de la voix, comme instrument de la
parole; cette faculté précieuse qui lui
fournit les moyens d'exprimer d'une manière facile, claire et prompte, ses sensa-
tions, ses sentimens, ses affections, tout
ce qui résulte, en un mot, de l'exercice
de ses facultés intellectuelles.

Il n'appartient qu'aux hommes qui,
par la nature de leurs fonctions, sont ap-
pelés à parler en public et à convaincre
l'esprit de leurs semblables par les charmes entraînans de l'éloquence et les gra-
ces de l'élocution, de sentir tout le prix
d'une bouche saine et pure, et les soins,
pour ainsi dire religieux que nous de-
vons apporter à sa conservation.

Interrogeons cet avocat qui, par les
ressources de l'art sublime de la parole,

maîtrise l'esprit de ses juges au point
d'enchaîner leur raison ; cet acteur qui,
par les seules inflexions de sa voix , rend
tellement sensible la pensée qu'il est
chargé d'exprimer, qu'il nous arrache
malgré nous des larmes ou des soupirs ;
et cette actrice enfin dont la voix pure
et sonore produit ces sons harmonieux
dont le charme entraînant nous subjugue
et nous enivre ; tous nous diront que la
bouche est l'instrument de tant de pres-
tiges, et que sans les soins qu'ils prennent de conserver leurs dents ou de mas-
quer leurs imperfections par quelque se-
cret de notre art, leur voix ne serait,
dans bien des cas, qu'un sifflement continuel et souvent même un glapissement
obscur.

Le grand nombre et surtout la nature
particulière des usages de la bouche, démontrent donc assez clairement toute
l'importance de l'étude des maladies qui
peuvent affecter les parties qui la composent, et justifient assez l'opinion des

médecins qui, de temps immémorial, ont
établi la nécessité de faire de ces maladies l'objet d'un art essentiellement dis-
tinct des autres branches de la médecine,
sinon dans son étude, du moins dans sa
pratique.

Cet art, malheureusement, après
avoir été connu et cultivé avec succès
par les anciens, resta pendant plusieurs siècles plongé dans le plus pro-
fond oubli, et il ne sortit de cet oubli que
pour être exploité par les mains avides
de l'empirisme le plus aveugle et du plus
honteux charlatanisme, dont les travaux
de Fauchard, de Bunon, de Bourdet, de
Jourdain, et de quelques autres hommes
recommandables, ne l'ont enfin arraché
qu'avec peine sur la fin du siècle dernier.

Depuis cette époque, la médecine
dentaire, se ressentant de l'heureuse im-
pulsion que l'esprit investigateur de notre
siècle a imprimée à toutes les parties de
l'art de guérir, et trouvant surtout un
puissant motif d'émulation dans le prix

que les progrès toujours croissans du luxe nous portent à attacher à tout ce qui peut relever l'éclat de la beauté, s'est enrichie de nouvelles découvertes et a fourni matière à plusieurs ouvrages.

Mais il est juste de le reconnaître, et il faut le dire, la plupart de ces ouvrages ne représentent notre art que comme un art purement mécanique, dont le principal mérite est d'exercer sur les dents quelque opération minutieuse, ou d'appliquer dans la bouche quelques *pièces* artificielles, et qui croirait déroger s'il s'occupait un instant de conserver la bouche intègre en prévenant ses maladies.

Aussi tous ceux qui, se destinant à cet art, prennent ces ouvrages pour guides, se trouvent naturellement détournés de l'étude de la physiologie et de l'hygiène générales, sans lesquelles le dentiste, quelqu'adroit qu'il soit, ne sera pourtant jamais qu'un praticien borné et servilement assujetti aux opérations de la main, qu'un artisan exercé qui opère machina-

1..

lement, et dont le défaut sera d'être toujours trop prêt à opérer.

Convaincu par expérience que l'inconvénient le plus commun des opérations
faites dans la bouche, était souvent d'être
trop tardives, et que les personnes qui
les subissent n'en recevaient par conséquent dans bien des cas qu'un soulagement passager, j'ai reconnu qu'on avait
jusqu'ici beaucoup trop négligé de remonter à la cause des maladies des dents,
et je résolus de donner aux moyens de
conserver ces précieux organes la même
attention que tant d'autres ont accordée
à la manière de les arracher ou de les
remplacer.

Mon intention n'était d'abord que de
publier le résultat de quelques observa-
tions particulières et de quelques recherches que j'avais faites sur la conservation
des dents; mais plus j'approfondissais le
sujet, plus j'entrevoyais l'immensité du
champ qu'il me donnait à parcourir; car
je restai bientôt persuadé que pour trai-

ter convenablement l'hygiène de la bouche, il fallait nécessairement franchir les
bornes que les usages ont assignées au
dentiste dans l'étude de la médecine,
c'est-à-dire étudier tous les points de l'hygiène en général avec une égale attention, pour appliquer ensuite à la bouche
les principes de cette science tout entière.

Dès-lors je regardai les traités géné-
raux d'hygiène comme les seuls ouvrages
qui dussent servir de base à mes recherches. Le sentiment de l'équité veut
aussi que je donne ici un témoignage public et sincère de ma reconnaissance à
MM. les docteurs Londe et Lachaise, qui
se sont acquis par leurs travaux une
place distinguée parmi les médecins qui
ont agrandi le domaine de l'hygiène, et
dont les sages conseils ont plus d'une fois
fixé mon attention sur les matières que je
devais plus particulièrement approfondir.

Sans doute en entreprenant la tâche
que je me suis imposée, je ne me suis

point fait illusion sur la difficulté de son exécution, et je ne me suis point dissimulé les critiques auxquelles elle pourra donner lieu de la part de quelques dentistes qui croiront à tort les intérêts de notre art compromis. Mais ne serai-je pas suffisamment dédommagé de mes peines si, en développant les soins sur lesquels reposent, à toutes les époques de la vie, l'entretien de la bouche et la conservation des dents, et en le faisant d'une manière tellement claire, que tout le monde puisse les appliquer à soi-même, je parviens à rendre inutile le ministère effroyable de tant de charlatans dont les manœuvres honteuses tendent à faire croire que notre art ne consiste qu'en un tissu d'actions fallacieuses, quand il ne se montre pas disposé à exercer sur les bouches un vandalisme destructeur ?

Je sais que l'idée d'enseigner pour ainsi dire à tout le monde l'art de conserver des dents saines et belles jusqu'à une extrême vieillesse, n'est pas une idée entièrement nouvelle; mais cette idée me semble n'avoir été nulle part développée convenablement pour procurer tout le bien qu'on est en droit d'en attendre.

Me citerait-on l'ouvrage que M. Duval a publié sous le titre de *Dentiste de la jeunesse?* Je reconnaîtrais que cet ouvrage, de même que toutes les autres productions de cet illustre maître, renferme des choses précieuses, et offre un tableau complet de l'éruption des dents et des soins qui peuvent la rendre régulière; mais il est juste de convenir que le caractère scientifique y domine trop, et que les préceptes d'hygiène s'y trouvent ensevelis sous une foule de vers ou de citations du milieu desquels peu de personnes étrangères à l'art ont eu le courage de les arracher.

Quant au *Dentiste des dames*, de M. Lemaire, cet ouvrage a pu séduire par son titre et sa forme; mais aussitôt qu'on l'eut quelque peu examiné, on reconnut qu'il fourmillait de digressions

étrangères au sujet, et on blâma ouvertement ce ton de prétention et d'affé-
terie, et ce style ampoulé qu'on y remarque d'un bout à l'autre. Si on veut, si on
exige même aujourd'hui que les sciences
ou les arts utiles trouvent un langage qui
rende leur étude accessible à tout le
monde, on veut aussi qu'on les fasse s'exprimer avec grace et clarté, et non en
phrases romantiques ou en style de ma-
drigal.

Quoi qu'il en soit, d'ailleurs, du mérite
de ces ouvrages, ils ont pu suffire pour
l'époque où ils ont paru ; mais les progrès
tout récens de l'art si important de conserver la santé, permettent aujourd'hui
de remonter plus directement à la source
de toutes les maladies des dents, et les
besoins de la société exigent en même
temps sur chacun des principaux points
de cette science un travail aussi précis
dans son plan que simple dans son exécution, mais dégagé avant tout, autant
que possible, de termes scientifiques qui

en rendraient la lecture difficile aux personnes étrangères à la médecine.

On commence à comprendre que puisque de toutes les douleurs auxquelles les maladies assujettissent l'homme, il n'en est point qui soient plus insupportables que celles qui résultent de certaines affections des dents, on devient coupable envers soi-même et blâmable aux yeux de tous, de ne pas chercher de bonne heure à se mettre à l'abri de tant de maux par des soins de propreté ou par les secours d'un art qui, consulté à temps, peut prévenir des accidens fâcheux.

Ce que la crainte de la douleur a commencé, le désir de se conformer à un luxe naturel et bien entendu l'achèvera; peut-être même ne sommes-nous pas loin du moment où chacun de nous craindra l'application de cette idée forte, mais juste, de *Lavater* : « Celui qui n'a pas soin de ses dents trahit, par cette négligence, des sentimens ignobles. »

Ce sont les femmes principalément ;

elles dont la destinée tout entière est de plaire et de charmer; elles qui n'ont pas dans la vie un seul désir, un seul besoin qui ne se rattache à l'envie de nous séduire et de mériter nos hommages ; ce sont les femmes, dis-je, qui commencent à sentir tout le prix qu'il faut attacher à la conservation de leurs dents : elles s'aperçoivent plus que jamais qu'une femme est rarement laide avec de jolies dents, tandis qu'il lui est impossible, même avec les plus jolis traits du monde, d'offrir l'aspect de la beauté, si sa bouche renferme des dents dont la carie se dispute les derniers vestiges, et elles reconnaissent enfin qu'il n'est point de parure si brillante qui puisse faire oublier leur perte.

Jaloux de seconder ce désir bien louable qu'elles montrent de briller par des attraits naturels, j'écris surtout pour elles, et je leur dédie mon ouvrage. Il est imparfait sans doute, mais tel qu'il est je le crois susceptible de produire quelque bien, et par conséquent je ne pense pas qu'il soit tout-à-fait indigne de leur suffrage. Qu'elles consacrent à sa lecture une légère partie du temps qu'un grand nombre d'entre elles donnent à de frivoles occupations, et peut-être que toutes celles qui l'auront médité et auront fait sur elles-mêmes, et surtout sur leurs enfans, l'application des principes qu'il renferme, applaudissant aux vues qui l'ont dicté, le mettront au nombre des livres dont doit se composer la bibliothèque d'une mère de famille et d'une maîtresse de pension.

Platon veut qu'on instruise les femmes parce qu'elles ont une grande influence sur la constitution physique et morale de l'homme, et par suite sur le sort des nations. Mais quelle science importe-t-il donc alors le plus de leur apprendre, que celle de conserver et de bien élever leurs enfans. Car, j'en appelle ici au témoignage de la plupart des mères, en est-il une seule qui, en voyant le fruit de ses amours traîner une existence douloureuse, n'échangeât mille fois l'éclat que peuvent jeter sur elle les arts d'agrément dont l'étude a occupé toute sa jeunesse, contre le bonheur si doux de connaître par quels moyens elle aurait pu préserver son enfant de la douleur?

C'est donc au philosophe moraliste à déployer toutes les ressources de l'éloquence pour exciter l'enthousiasme maternel; mais c'est aux médecins, aux médecins seuls, chacun en ce qui le concerne plus particulièrement, à se charger du soin de diriger convenablement cet enthousiasme.

Le désir de remplir une aussi noble tâche a guidé ma plume; puissé-je donc ne pas être trompé dans l'espérance flatteuse que j'ai d'être utile aux femmes, et surtout aux mères, et je jouirai d'un bonheur que ne sauraient affaiblir ni le souvenir de quelques peines, ni la crainte de la critique, à laquelle s'expose tout homme que l'amour du bien porte à restreindre le domaine de l'erreur ou l'empire des préjugés!

CHAPITRE PREMIER.

DE LA SORTIE DES PREMIÈRES DENTS, ET
DES MOYENS DE PRÉVENIR ET D'ARRÊTER
LES MALADIES QU'ELLE PEUT OCCASION-
NER.

§. I.er

*De l'Ordre dans lequel sortent les pre-
mières Dents, ou Phénomènes de la
première Dentition.*

La nature a imposé à tous les êtres
organisés une loi commune; elle a
voulu que leur vie ne fût qu'une série
continue d'actes, dont les résultats gé-
néraux sont l'accroissement et le dé-
périssement. L'homme ne fait point
exception à cette loi générale : aussi le
cours de son existence est-il évidemment partagé en deux époques essentiellement distinctes : l'une, pendant

laquelle son corps acquiert de jour en jour un nouveau degré de perfection par le développement de ses organes et celui des fonctions qu'ils exécutent; l'autre durant laquelle au contraire il décroît, en perdant progressivement le principe qui l'animait.

La première de ces deux époques, celle de l'accroissement, est assurément la plus remarquable; elle se distingue par un ordre de phénomènes qui tiennent à la nature de la partie qui se développe et au caractère du rôle qui lui est confié. Réguliers, ces phénomènes sont pour celui chez lequel ils s'opèrent une cause réelle d'accroissement et de perfection; irréguliers, ils deviennent un véritable motif de souffrance et de mort : les premiers tiennent à la nature exerçant librement son empire sur les corps qu'elle a formés; les seconds dépendent des écarts de cette même nature contrariée par nos institutions et par

les causes physiques sous l'empire desquelles nous vivons.

L'apparition des dents est sans contredit un des plus importans de ces
phénomènes ; elle a lieu à un âge où la
douleur a de grands effets, où le trouble d'une partie va promptement re-
tentir dans tout le reste du corps. Aussi
est-elle une époque très-remarquable
dans la vie de l'homme, et s'il est tout-
à-fait indispensable que le médecin
étudie profondément et en détail tous
les actes qui la composent, pour pouvoir combattre avantageusement les
nombreux désordres qu'elle peut ame-
ner avec elle, une idée précise de la
manière dont elle s'effectue peut seule
aussi mettre les personnes qui se char-
gent de l'éducation de la première enfance dans le cas de prévenir ces désordres, et même d'en suspendre les
dangereux effets dans les circonstances
où l'intervention d'un médecin serait
jugée impossible.

L'enfant, quelques mois après sa naissance, ne trouvant plus dans le sein de sa nourrice une nourriture proportionnée à l'importance de ses besoins, doit nécessairement recourir à des alimens plus solides et plus abondans; c'est aussi à cette époque que ses mâchoires s'arment de pièces nécessaires à la trituration des substances alimentaires. Vingt dents, dix à chaque mâchoire se présentent successivement deux à deux, c'est-à-dire une pour chacun des deux côtés de la mâchoire.

C'est presque toujours du sixième au septième mois après la naissance que les premières dents commencent à percer les gencives. Les premières que l'on voit paraître sont ordinairement les deux dents de devant de la mâchoire inférieure, qui sortent tantôt en même temps, tantôt séparément, à quinze jours ou trois semaines de distance. Quelque temps après, les correspon-

dantes de la mâchoire supérieure se
manifestent aussi, soit simultanément,
soit isolément. Les dents voisines d'en
bas ne tardent pas à percer les gencives,
une à gauche et l'autre à droite, et
sont bientôt suivies de celles d'en haut.
Ces huit dents ont reçu le nom de *cu-
néiformes*, à cause de leur ressemblance
avec un coin, et celui d'incisives, parce
que ce sont elles qui servent à couper
et à diviser les alimens. Les deux premières sont distinguées par le nom de
moyennes, et les deux autres par celui de latérales.

Vers la fin de la première année
deux dents paraissent encore à chaque
mâchoire, une de chaque côté, en
commençant toujours par celle d'en
bas. Celles-ci portent le nom de canines, parce qu'elles dépassent les autres
dents, à peu près comme chez les
chiens, et celui de lanières par rapport
à la facilité avec laquelle elles rompent
et déchirent les alimens soumis à leur

action. Celles d'en haut, les plus longues de toutes les dents, sont vulgairement appelées œillières, à cause de leur
position par rapport à l'œil, avec lequel il est important de noter qu'elles
n'ont absolument rien de commun.

Il est rare qu'il paraisse de nouvelles
dents avant l'âge de dix-huit mois ou
deux ans. Il en sort alors deux à chaque mâchoire, une à droite, l'autre à
gauche, en commençant par celles
d'en bas, et à ces quatre en succèdent
bientôt quatre autres, qui suivent le
même ordre dans leur apparition et
qui, réunies aux quatre précédentes,
forment huit molaires ou mâchelières:
elles ont reçu ce nom parce qu'elles
servent à broyer et à triturer les alimens ; elles le partagent avec les douze
dents qui viendront plus tard, et desquelles on les distingue par la déno-
mination de petites.

Dès que la sortie de ces vingt dents
est achevée, on est tranquille sur la

dentition et l'on dit alors que l'enfant
a toutes ses dents, parce qu'il ne doit
plus en survenir d'autres avant quatre
ans et demi ou cinq ans.

A cet âge, quelquefois même plus
tard, vers la sixième année, se fait
l'éruption de quatre autres dents molaires, dont deux à chaque mâchoire.
Celles-ci sont plus grosses que celles du
même ordre qui ont apparu vers la
deuxième année, desquelles elles dif-
fèrent encore en ce qu'elles ne sont pas
renouvelées et sont permanentes, tandis que les vingt premières sont temporaires. Elles peuvent être considérées
comme le passage intermédiaire de la
première et de la seconde dentition :
elles forment par la suite les premières
grosses molaires.

Lorsque toutes les dents dont je
viens de parler sont sorties, elles com-
plètent le nombre de vingt-quatre
dents, dont douze à chaque mâchoire;
on les appelle dents de lait parce que

la plupart viennent pendant que l'enfant est encore à la mamelle ; elles doivent toutes tomber et être remplacées
par de nouvelles, excepté les quatre
dernières qui, comme je viens de le
dire, sont permanentes.

D'après ce simple exposé, on voit
qu'on peut distinguer trois époques
bien marquées dans le travail de la première dentition ; cette distinction ne
sera pas inutile, comme on le verra
par la suite quand je traiterai des accidens qui peuvent survenir pendant
cette période de la vie de l'enfant.

La première époque s'étend depuis
le sixième ou le septième mois après la
naissance, jusqu'à dix-huit mois ou
deux ans. La seconde depuis l'âge de
deux ans jusqu'à celui de quatre ans
et demi ou cinq ans, et la troisième
enfin depuis ce dernier âge jusqu'à la
chute des dents temporaires ou primitives, c'est-à-dire jusqu'à six ou sept
et même huit ans. Pendant la première

de ces trois époques sortent les huit incisives et les quatre canines ; pendant la deuxième les huit petites molaires , et pendant la troisième les quatre grosses du même nom.

La sortie ou l'éruption des dents de lait ne se fait pas toujours dans l'ordre que je viens d'indiquer ; elle commence quelquefois plus tôt et d'autres fois plus tard, mais rarement néanmoins avant le sixième mois de la naissance, et rarement aussi après le quatorzième.

Cependant on a vu des enfans qui ont eu à cet égard une extrême précocité, puisque quelques-uns sont nés avec des dents ; il semble naturel au premier abord de croire que la présence de ces dents étaient une preuve de développement extraordinaire et l'indice d'une forte constitution ; mais l'expérience a démontré quelquefois le contraire, car plusieurs de ces enfans étaient faibles et délicats et n'ont vécu que très peu de temps.

D'autres fois les premières dents ne
sortent que très-tard, comme à dix-
huit, vingt mois et même deux ans.
Leur éruption dans ce cas se fait en général à des époques plus rapprochées
les unes des autres et quelquefois presque toutes en même temps.

Ce retard n'est pas toujours exempt
de danger pour l'enfant, comme on le
verra lorsqu'il s'agira des accidens de
la première dentition; car la nature
dévie rarement de sa marche ordinaire,
sans que ce soit au préjudice de la régularité de ses actes.

Comme des détails dans lesquels
nous sommes entrés à l'égard de la
sortie de chaque dent, il pourrait résulter quelque oubli relativement à la
marche naturelle de la première dentition, j'ai pensé qu'il serait utile d'en
représenter ici d'un seul trait le tableau
exact.

*Première Dentition , ou époque de la
sortie des Dents de lait.*

1re *Epoq.*
{ De 6 à 8 mois les 4 incisives moyennes.
  De 8 à 10 — les 4 incisives latérales.
  De 10 à 13 — les 4 canines.

2e *Epoq.*
{ De 15 à 20 mois les 4 1res petites molaires.
  De 20 à 36 — les 4 2mes petit. molaires.

3e *Epoq.*
{ De 6 à 7 ans les 4 premières grosses molaires qui ne seront pas remplacées.

§. II.

*Des Accidens auxquels peut donner lieu
la sortie des premières Dents.*

Les accidens souvent funestes, qui
ne sont que trop fréquens chez les enfans à l'époque de la sortie des premières dents, ont porté quelques médecins à regarder la dentition comme
une maladie. Mais elle ne peut pas plus

être considérée comme telle que l'ac-
couchement naturel : l'une et l'autre
sont des opérations de la nature, qui
exposent les individus chez lesquels
elles s'accomplissent à des dangers plus
ou moins grands, et dont la douleur
est la compagne presque inséparable.

Ce ne sont pas d'ailleurs les seules
fonctions qui soient sujettes à de tels
convéniens; la menstruation surtout
lorsqu'elle commence à s'établir chez
les jeunes filles, ne les expose-t-elle
pas à beaucoup d'accidens? Cependant on ne peut la regarder comme
une maladie, puisque son entier ac-
complissement est la condition sans
laquelle il n'y a point de santé parfaite
chez les femmes.

La douleur est, sans contredit, l'accident le plus fréquent de tous ceux
auxquels sont exposés les enfans à l'é-
poque de la dentition; quelques médecins l'ont même regardée comme la
cause principale de tout le désordre

qui survenait à cette époque ; mais les raisons qu'ils ont apportées à l'appui de cette opinion sont aussi défectueuses que l'explication qu'on donne généralement de la cause qui la détermine. La douleur est ici plus souvent un effet qu'un motif ; mais comment est-elle produite? C'est une question qui n'a pas encore été entièrement résolue ; car les tiraillemens que les gencives éprouvent de la part des dents qui pressent sur elles, et auxquels on attribue ordinairement cette douleur, est certainement insuffisante pour rendre raison des accidens formidables qui moissonnent un si grand nombre d'enfans.

Ce qu'il y a de certain à ce sujet, c'est que la constitution particulière de l'enfant entre pour beaucoup dans le développement de ces accidens. L'observation prouve en effet que la dentition est en général plus fréquemment pénible chez les enfans faibles et délicats, atteints de quelque vice, chez ceux qui sont mal nourris, qui sont nés de parens affectés de quelque maladie héréditaire, mais surtout d'une mère irritable, douée en un mot de ce qu'on apelle un tempérament nerveux.

Il ne faut pas croire cependant que les enfans forts et bien constitués soient exempts de tout danger. Bien plus, quand ils sont atteints, les accidens sont en général plus intenses que chez les autres et même ils y succombent plus promptement.

Quelque difficile qu'il soit de préciser rigoureusement les dents dont la sortie est accompagnée de plus d'accidens, on peut cependant avancer qu'en général ceux qui surviennent pendant la première époque de la première dentition sont moins graves et moins fréquens que ceux qui surviennent pendant la seconde, et la troisième y est encore moins exposée que les deux premières; de telle sorte que c'est avec raison qu'on regarde la sortie des huit petites molaires comme la plus dangereuse, car elle est très-souvent accompagnée de convulsions.

Lorsque les dents sortent presque toutes en même temps, quelle que soit d'ailleurs l'époque, leur éruption est en général plus dangereuse que lorsque la sortie est successive. Enfin cette éruption est plus pénible lorsqu'elle est précoce que lorsqu'elle est tardive, et elle est d'autant plus à craindre que le nombre des dents qui sortent à la fois est plus grand.

Lorsque les premières dents sont prêtes à sortir, l'enfant éprouve d'abord aux gencives de la démangeaison et un prurit, qui l'engagent à porter ses doigts dans sa bouche ou tous les corps qu'il peut saisir, et à les mordiller. Il éprouve un sentiment de chaleur dans la bouche qui est un peu sèche : bientôt on aperçoit aux gen-

cives un peu de rougeur et de gonflement; il survient un mouvement de
fièvre, l'enfant a de l'agitation, et
tourmente le sein de sa nourrice. Tant
que cet état est modéré, on ne peut le
regarder comme le signe d'une dentition difficile, car il est bien peu d'enfans qui ne l'éprouvent en tout ou en
partie.

Malheureusement cet état ne se borne
pas toujours là, surtout au moment
de l'éruption des dents canines ou
des petites molaires. Le gonflement
des gencives devient alors beaucoup
plus intense; elles sont très-rouges,
dures, douloureuses et chaudes au
toucher. Quelquefois même leur ten-
sion est si considérable qu'elles paraissent menacées de gangrène : la bouche,
très-sèche et aride, présente souvent
dans son intérieur des apthes soit aux
lèvres, soit aux gencives.

Il n'est pas rare de voir survenir du
gonflement aux glandes qui sont si-

tuées sous la mâchoire inférieure, et une salivation abondante.

Si on porte l'attention ailleurs que vers la bouche, on voit que les joues sont rouges et chaudes, la fièvre violente : l'enfant dans son agitation porte continuellement ses mains sur son visage et dans sa bouche ; prend, quitte et reprend sans cesse le sein de sa nourrice, et ne peut s'endormir qu'entre ses bras.

Son sommeil, qui était auparavant paisible et de longue durée, est troublé, souvent interrompu, et même tout-à-fait impossible ; il s'agite et crie continuellement : le sein de sa nourrice, qui naguères lui apportait le calme et le repos, n'a plus pour lui cette précieuse vertu. Si l'insomnie n'est pas complète, à peine commence-t-il à s'endormir, que des soubresauts le réveillent. Quelquefois il survient une toux plus ou moins fréquente, de la difficulté de respirer, même des vo-

missemens et des mouvemens spas-
modiques.

Le relâchement du ventre et le dé-
voiement accompagnent assez souvent
les symptômes dont je viens de parler.
Le malade car il mérite malheureusement ce nom, est tourmenté par des
tranchées, rend des selles liquides,
fréquentes, verdâtres, quelquefois
assez fétides. En général, le dévoie-
ment, lorsqu'il n'est pas fort, doit être
regardé, ainsi que la salivation, comme
une évacuation favorable et salutaire
qu'il faut plutôt entretenir qu'arrêter.

Les convulsions sont un des accidens les plus dangereux de ceux qui
accompagnent fréquemment la première dentition. Tantôt elles surviennent seules, d'autres fois elles se joi-
gnent aux accidens précédens, dont
elles aggravent le danger.

C'est plus particulièrement pendant
l'éruption des petites molaires, de deux
à trois ans environ, que les enfans y sont

sujets. Quelquefois elles sont légères, et
bornées à quelques mouvemens spas-
modiques des membres, et alors elles
sont peu dangereuses; mais d'autres
fois elles sont violentes, générales, accompagnées de hoquet, du serrement
des mâchoires, de roideur des membres. Alors la vie de l'enfant court le
plus grand danger, et souvent il suc-
combe au milieu des convulsions les
plus effrayantes, malgré les secours
les plus prompts et les plus sagement
administrés.

Les convulsions qui surviennent
chez les enfans à l'époque de la dentition, sont pourtant loin de dépendre
toujours de la sortie des dents; elles
peuvent être produites par plusieurs
autres causes, et parmi ces causes il
n'en est point de plus fréquentes que
les vers intestinaux.

Comme ces convulsions peuvent
être confondues avec celles de la dentition, et que cependant elles récla-

ment un traitement différent, il ne
sera pas hors de propos de donner
ici les signes caractéristiques de la
présence des vers. On la reconnaîtra
aux suivans : l'enfant éprouve une
démangeaison continuelle au nez, il
a les yeux cernés et leurs pupilles
dilatées. Son visage est bouffi et son
haleine forte. Il éprouve dans la gorge
une démangeaison qui occasionne dans
cette partie, des mouvemens semblables à ceux de la déglutition. Tantôt
perte entière d'appétit, tantôt au contraire une faim vorace. Son ventre est
tendu, dur et douloureux, surtout vers
l'ombilic, il a souvent alors des coli-
ques, accompagnées d'une fièvre qui
abat toutes ses forces.

Tous ces symptômes ne se manifestent pas toujours chez le même enfant
affecté de vers ; mais il n'est pas nécessaire qu'ils soient tous réunis pour en
faire présumer la présence ; quelques-
uns des principaux suffisent à cet effet ;

car on n'en a jamais l'entière certitude, que lorsque des vers ont été rendus, soit dans les selles, soit par les vomissemens.

La dentition peut encore donner lieu au développement de plusieurs maladies, telles que l'inflammation des yeux, la cécité, les fluxions sur la figure, les écoulemens par les oreilles, le catarrhe pulmonaire, la toux convulsive, et même le croup, les scrophules, le carreau ou atrophie mésentérique, la fièvre hectique et la consomption.

Mais il serait aussi dangereux de laisser croire aux parens, que contraire aux connaissances physiologiques actuelles de prétendre que ces maladies sont le résultat direct de la sortie des dents. La maladie locale que détermine la dentition n'agit ici qu'en mettant en jeu l'action de quelques causes morbifiques auxquelles étaient prédisposés les organes qui sont le siége de ces maladies, dont tout autre motif d'excitation aurait également pu favoriser l'entier développement.

Enfin on a vu quelquefois, mais trop rarement à la vérité, des enfans réduits par les maladies qui accompagnent la dentition, au dernier degré de marasme, et dont on désespérait déja, se rétablir tout-à-coup par une révolution favorable qu'avait produite l'éruption inattendue de plusieurs dents. On conçoit aisément que ces heureux changemens sont entièrement dus à la nature, et que par malheur l'art ne possède pas toujours les moyens de les opérer, ou même de les favoriser.

§. III.

Des Moyens de prévenir et d'arrêter les maladies que peut occasionner la sortie des premières Dents.

La dentition , je l'ai dit et je le répète , est l'ouvrage de la nature , et dans beaucoup de cas on doit l'abandonner à ses forces. Mais de légers secours et un régime sagement ordonné peuvent cependant dans tous les cas aider et faciliter cette importante et douloureuse fonction.

Lorsque les accidens sont légers , comme pendant le temps que nous avons nommé la première époque , qu'il n'y a qu'un peu de rougeur et de gonflement aux gencives , il faut seulement les humecter par quelque gargarisme rafraîchissant fait avec une simple décoction mucilagineuse édulcorée d'un peu de miel.

On mettra dans la bouche de l'enfant

quelque corps mollet , tel qu'une racine de guimauve détrempée dans une
décoction d'orge miellée , et non pas
des corps durs , comme des hochets
d'ivoire , de cristal , ainsi qu'on le fait
trop communément pour les enfans
appartenans à la classe élevée de la
société , et que le conseillent encore
quelques auteurs : ces corps ne peuvent que devenir très - nuisibles en
blessant les gencives et en augmentant
l'inflammation dont elles sont déjà affectées.

Il est encore inutile de frotter les
gencives avec le doigt , dans la vue de
les amincir , comme on le dit ; car il
n'en est pas des parties vivantes et
enflammées comme des corps privés
de vie, que l'on use et que l'on amincit
par le frottement ; cette manœuvre
peut d'ailleurs augmenter l'irritation
et la douleur.

Quant au jus de citron , dont quelques personnes vantent les heureux ef-

fets, malgré le respect que je dois à l'opinion de plusieurs dentistes distingués, je ne pense pas qu'il produise tout le bien qu'on lui attribue, et son emploi dans une foule de cas serait certainement contraire à une conduite sagement raisonnée.

Si l'enfant avait un peu d'agitation et de fièvre, il faudrait lui donner quelques légers calmans, comme une infusion de fleurs de tilleul ou quelques cuillerées d'eau de laitue, et entretenir la liberté du ventre par quelque petit lavement émollient.

Si le gonflement et la rougeur des gencives étaient si considérables que l'on craignît la gangrène de ces parties, ce que l'on reconnaîtra à leur couleur foncée et livide, outre l'usage des moyens dont j'ai parlé plus haut, il faudra toucher les gencives avec une liqueur un peu active. Ainsi on fera un petit pinceau avec de la charpie, on le trempera dans une décoction

d'orge miellée animée de quelque peu
d'acide muriatique, et on le promè-
nera légèrement sur les parties malades. Ces mêmes moyens conviennent
encore très-bien pour toucher les aph-
thes ou ulcérations quand il y en a.

Lorsque les accidens sont beaucoup
plus graves, que la fièvre est très-forte, accompagnée d'agitation, de rougeur de la face, et que l'enfant est
fort et pléthorique, il faut avoir recours à la saignée. Le moyen le plus
convenable pour tirer du sang dans ce
cas, est l'application des sangsues derrière les oreilles : deux ou même trois
de chaque côté, suivant la violence
des accidens et la force du petit malade. Ce moyen est un des plus effica-
ces, même contre les convulsions;
aussi est-il aujourd'hui généralement
recommandé par tous les médecins.
Le bain chaud, après les sangsues,
ne peut produire que de très-bons effets en calmant l'éréthisme général.

Si l'aridité de la bouche, la rougeur de la face et des yeux, et la tuméfaction de la figure, et du délire annoncent qu'une grande irritation s'est portée vers la tête, le bain de pieds pourra produire un résultat favorable en attirant le sang vers les parties inférieures.

Dans le cas d'agitation extrême et continuelle, de vive souffrance, d'insomnie, il faut donner le soir et même de temps en temps dans la journée, quelques cuillerées d'une potion calmante, dans laquelle on fait entrer un peu de sirop diacode ou quelques gouttes de laudanum liquide; mais il ne faut faire usage de ces remèdes qu'avec ménagement et dans les cas d'urgence, parce qu'ils peuvent produire la constipation; aussi donnera-t-on en même temps des boissons laxatives et rafraîchissantes, telles que l'eau de pruneaux, les bouillons de veau ou de poulet.

Les convulsions sont, comme nous l'avons dit, l'accident le plus grave de la dentition, et celui qu'il convient le plus de combattre promptement. Les moyens à employer pour y parvenir, sont à peu près les mêmes que ceux qui ont été recommandés jusqu'à présent, mais surtout la saignée, les sangsues à la tête, soit derrière les oreilles, soit aux angles des mâchoires, les bains et les légers calmans. Très-souvent malgré l'emploi le plus sagement administré de tous ces moyens, on ne parvient pas à calmer les convulsions ; quelquefois même elles semblent empirer à mesure qu'on en fait usage.

C'est alors que tous les auteurs recommandent d'avoir recours à un moyen extrême ; je veux dire l'incision des gencives. Les uns veulent qu'on la pratique de très-bonne heure, dès les premiers accidens, quand même ils ne sont pas très-graves, prétendant que cette opération n'est sujette à aucun in-

convénient, et qu'elle fait presque toujours cesser les accidens. Ils ajoutent
même qu'elle est peu douloureuse ;
mais on leur a objecté que puisqu'il
en est ainsi, ce n'est donc pas le tirail-
lement des gencives qui cause les accidens, et que sous ce rapport l'incision est au moins inutile ; cette objection est plus spécieuse que solide ,
car ils auraient pu répondre qu'une
incision franche ne saurait être com-
parée à une déchirure.

D'autres conseillent de n'inciser
qu'à la dernière extrémité , lorsque
tous les autres moyens ont été employés vainement, que les accidens
sont très-graves et le danger imminent.
Leur avis a prévalu et il paraît le meilleur, car l'incision des gencives n'est pas
toujours aussi exempte d'inconvénient
qu'on l'a prétendu. Comme on la pratique sur une partie qui est déjà très-
enflammée, elle ne peut qu'augmenter encore l'irritation de cette partie ,

ou produire même la gangrène, ou
au moins l'ulcération et la suppura-
tion.

Ces accidens, rares à la vérité,
sont loin cependant d'être sans exemple, et il suffit de savoir qu'ils peuvent
arriver, pour qu'on ait lieu de les
craindre et qu'on soit autorisé à pres-
crire à cet égard une prudence et une
modération dont les charlatans et les
dentistes routiniers ne sont toujours
que trop disposés à franchir les bornes. D'ailleurs cette incision ne calme
pas toujours les convulsions et n'empêche pas un très-grand nombre d'enfans d'y succomber.

Enfin lorsqu'on se décide à inciser les
gencives, il faut toujours le faire le plus
tard possible, lorsque la dent fait
saillie soùs la gencive et qu'elle paraît
prête à sortir. On se sert pour cette
opération de la lancette, ou du bis-
touri ; mais on doit laisser son exécution à un homme de l'art, car dans

des mains inexpérimentées, elle pourrait exposer à quelque danger.

Conjointement à l'usage de tous les moyens qui viennent d'être indiqués, il faudra associer ceux que l'hygiène fournit; s'ils ne peuvent point guérir par eux-mêmes, au moins ils peuvent seconder puissamment les premiers. Il devient même tout-à-fait indispensable de les employer comme moyens préservatifs aux approches de la première dentition, avant que les accidens ne se manifestent, afin de les prévenir, si la chose est possible. Certes, par leur secours on arrivera bien plus sûrement au résultat désiré, qu'en employant les colliers d'ambre et cette foule d'amulettes qu'accréditent l'ignorance et la crédulité, et dont quelques médecins ont encore aujourd'hui la faiblesse d'autoriser l'usage.

Ainsi, indépendamment de l'importance qu'on aura dû préliminairement attacher au choix d'une nourrice qui,

3.

pour les enfans délicats et nés de parens d'un tempérament nerveux, devrait toujours être d'une constitution molle ou lymphatique, on aura le soin de faire respirer un air pur et libre, et de faire prendre de l'exercice à l'enfant, de le promener fréquemment si le temps et la saison le permettent. On ne lui fera prendre que des alimens légers et de facile digestion.

On ne perdra pas de vue non plus le régime de sa nourrice, s'il est encore à la mamelle ; elle évitera avec soin l'usage des mets épicés et des liqueurs alcoholiques, et tout ce qui peut exciter en elle des passions fortes, telles que la colère, la frayeur ; car les grandes agitations de l'âme impriment au lait des qualités nuisibles, et plusieurs exemples viennent sanctionner cette assertion (1). On éloignera aussi de l'enfant tout ce qui peut le contrarier et l'irriter, et on attachera la plus gran-

(1) *Voyez* Lachaise , *Hygiène physiologique de la femme ,* page 383.

de importance à le tenir proprement.

. Quant aux maladies auxquelles la dentition peut donner lieu, en général elles ne peuvent se guérir que lorsque cette opération de la nature est complètement achevée. Leur traitement doit varier suivant l'espèce de maladie et les circonstances dans lesquelles elle se développe. Les détails à cet égard sont entièrement étrangers à mon sujet et dépasseraient nécessairement les bornes que m'impose le titre de cet ouvrage.

CHAPITRE II.

DE LA SECONDE DENTITION, ET DES PRÉ-CAUTIONS QU'ELLE NÉCESSITE POUR S'EF-FECTUER RÉGULIÈREMENT.

§. I.er

Phénomènes de la seconde Dentition, ou de la chute des Dents temporaires et de leur remplacement.

L'ENFANT ne conserve pas longtemps

les vingt dents dont sa bouche s'est
garnie successivement depuis le septième mois environ de sa naissance
jusqu'à trois ans; car à peine la sortie
des quatre grosses molaires, dont l'apparition complète le phénomène de la
première dentition, est-elle achevée,
que la nature se prépare au travail par
lequel s'effectueront la chute et le remplacement des vingt premières; mais
on voit que, fidèle au système admira-
ble de prévoyance sur lequel sont ré-
glées toutes ses œuvres, elle a jugé convenable de donner à l'enfant de nouvelles dents avant de le priver de celles
du premier âge; car les quatre premières grosses molaires sont permanentes.

C'est ordinairement vers l'âge de
sept à huit ans que commence la mue
ou le remplacement des dents temporaires. Les deux dents de devant, que
nous avons nommées incisives moyennes, tombent d'abord à la mâchoire

inférieure, pour être immédiatement remplacées par deux nouvelles. Ensuite tombent les incisives moyennes supérieures, dont deux autres ne tardent pas à venir occuper la place.

Les incisives latérales inférieures suivent celles-ci, et sont bientôt aussi suivies à leur tour par les incisives latérales de la mâchoire supérieure.

Lorsque ces dents sont sorties, il y a un repos plus ou moins long; souvent même un intervalle de deux ou trois ans. Puis, vers l'âge de dix, douze et même treize ans, les premières petites molaires de l'une et l'autre mâchoire remplacent les premières petites molaires de lait, et bientôt les deuxièmes du même ordre viennent chasser et remplacer, également à chaque mâchoire, leurs analogues qui ne sont que temporaires. Enfin, en dernier lieu les quatre canines ou œillères viennent à leur tour déterminer la chute et occuper la place des primitives ou temporaires du même nom.

Cette dernière circonstance est à noter, car on dit généralement que la chute et le remplacement des dents de lait s'opèrent dans le même ordre que celui qu'elles ont suivi pour leur sortie. Mais l'éruption des canines ayant lieu le plus ordinairement après celle des petites molaires, fait une exception qu'il importe de connaître, quoique très-peu de dentistes l'aient remarquée : j'ai dit le plus ordinairement, car il arrive assez souvent que les canines tombent et sont remplacées dans la temps qui sépare la chute des deux petites molaires, quelquefois même avant la sortie de ces deux dernières.

A peine le remplacement des dents primitives ou temporaires est-il achevé, que les deuxièmes grosses molaires ou mâchelières se font jour, ce qui a lieu le plus communément vers l'âge de douze à quatorze ans.

Telle est la marche que suit ordinairement l'éruption des vingt-huit dents dont sont pourvus les enfans qui touchent à l'âge de la puberté ; mais elle présente assez souvent des irrégularités ; et se montre, quant aux résultats qu'elle peut avoir sur la santé, tout-à-fait indépendante de celle qu'a suivie la sortie des dents de lait.

Parmi ces irrégularités, les plus fréquentes sont : le remplacement total des dents temporaires d'un côté de la mâchoire avant la chute de celles du côté opposé, la sortie des deuxièmes grosses molaires avant le remplacement des dents temporaires.

Enfin ce n'est guère, terme moyen, que de vingt à vingt-cinq ans que la sortie des quatre troisièmes grosses molaires, vulgairement nommées dents de sagesse, vient compléter le nombre total de trente-deux dents dont l'homme est ordinairement pourvu quand il entre dans l'âge viril. Il n'est pas rare néanmoins que la sortie de ces dernières soit retardée, puisqu'ou voit quelques personnes qui ne les ont eues qu'à cinquante, soixante ans, même plus tard, et quelquefois pas du tout.

Pour suivre l'ordre que j'ai adopté à l'égard de l'exposé des divers temps de la sortie des premières dents, j'ai jugé convenable de placer ici un tableau synoptique représentant les différentes époques auxquelles les dents sont remplacées.

	De 8 à 10 ans les incisives moyennes.
	De 9 à 11 — les incisives latérales.
1re Epoque.	De 10 à 12 — les 1res petites molaires.
	De 10 à 13 — les canines.
	De 12 à 14 — les 2mes petites molaires.

2e Époq.	De 13 à 17 ans les 2mes grosses molaires.
	De 20 à 25 — les 3mes grosses molaires ou dents de sagesse.

Terminons ce qui a rapport aux différens temps du développement des dents en faisant observer que cet acte de l'organisme est susceptible d'offrir un grand nombre d'irrégularités, non seulement pour l'ordre de leur sortie, mais encore pour leur nombre total ; c'est ainsi qu'on a rencontré plusieurs personnes qui n'avaient que vingt-huit, même vingt-quatre dents, tandis que chez quelques autres on en a vu jusqu'à trente-six.

§. II.

Méthode simple et naturelle de rendre régulière la sortie des secondes Dents, et de prévenir ou combattre les accidens qui peuvent l'accompagner.

La sortie des dents de remplacement, dents permanentes ou secondaires, est en général moins pénible que celle des dents temporaires, ou primitives ; mais dans un très-grand nombre de cas, chez les enfans de la ville et particulièrement chez ceux des classes opulentes, elle est accompagnée d'accidens semblables à ceux que détermine l'éruption des dents de lait.

3..

Cette malheureuse prérogative, des
enfans élevés dans le sein des grandes
villes est l'infaillible résultat de l'état
d'excitation dans lequel, malgré les
plus sages avis, on persiste à tenir leur
cerveau, dans un moment qui devrait
être exclusivement consacré au développement de leurs forces physiques.
Dans cette circonstance, en effet, le cerveau, constamment excité par l'usage
intempestif qu'on fait de ses fonctions,
devient un centre d'irritation, toujours prêt à rompre cet état d'équili-
bre parfait qui constitue la santé, et
ne demande que la plus légère cause
pour passer à l'état de maladie, et pour
forcer toute l'économie à partager ses
souffrances.

Chez les enfans de la campagne,
au contraire, ou chez tous ceux qui
dans les villes appartiennent aux
classes inférieures de la société, une
habitude soutenue de s'exercer en
plein air et d'affronter, légèrement

vêtus, l'intempérie des saisons, donne
à la nature les forces nécessaires à l'ac-
complissement de ses fonctions, et,
en les préservant d'une constitution
nerveuse exaltée, les rend moins sen-
sibles à la douleur.

Quelle que soit néanmoins la constitution d'un enfant, la partie de la
gencive qui environne la dent qui va
être remplacée, est presque toujours
légèrement enflammée; une légère irritation, accompagnée d'un peu de
douleur, s'y développe long-temps
même avant sa chute, et il n'est pas
rare non plus d'y voir quelques petits
abcès se former.

C'est surtout lorsque les petites
molaires de remplacement s'ossifient,
ce qui arrive de quatre à cinq ans,
que les enfans éprouvent un état
de mal-aise et d'indisposition générale, qu'on ne peut véritablement attribuer qu'à l'effort de la nature qui
travaille au remplacement des dents
temporaires.

Ils ressentent dans les mâchoires une démangeaison sourde qui n'est pas assez forte pour occasionner une véritable douleur, mais qui suffit néanmoins pour les inquiéter et les plonger dans un état de tristesse bien apparente.

Il arrive même assez souvent que quelques dents de lait et particulièrement les molaires, se carient, et qu'il se forme sur la gencive des fluxions et même des ulcérations peu inquiétantes, il est vrai, mais toujours douloureuses.

L'irritation que le travail de la deuxième dentition détermine sur les gencives ne se borne pas toujours à la bouche, car dans bien des cas il suffit de la cause la plus légère, souvent même d'une cause inappréciable, pour que cette irritation se propage dans les parties environnantes ; de là des maux d'yeux, de gorge ou d'oreilles, des éruptions croûteuses vers la tête et des dartres farineuses sur la figure, des migraines et des névralgies faciales.

Ces différens accidens sont presque toujours accompagnés d'un trouble de la digestion, auquel prédispose d'ailleurs l'obstacle que l'ébranlement et la chute des dents de lait apporte à une complète mastication.

Enfin, il est très-fréquent aussi de voir le cou des enfans, dont les dents se remplacent, offrir une plus ou moins grande quantité de glandes engorgées, qui occasionnent dans tout l'espace qu'elles occupent un sentiment de gêne qui produit ce qu'on nomme vulgairement torticolis.

Ces glandes du cou surviennent particulièrement chez les enfans qu'un tempérament mou ou lymphatique prédispose aux maladies scrophuleuses, et elles persistent d'autant plus dans cet état d'engorgement inflammatoire, que cette prédisposition est plus marquée

Quant aux convulsions, elles sont assurément moins fréquentes que pendant le travail de la première dentition, et ne surviennent guère que lorsque la chute et le remplacement de plusieurs dents s'opèrent en même temps. L'observation prouve aussi qu'elles affectent plus souvent les enfans du sexe féminin que les jeunes garçons ; il n'est même pas sans exemple qu'elles soient survenues chez des personnes adultes à l'époque de la sortie des dents de sagesse, sans qu'on ait pu les attribuer à aucune autre cause.

Tels sont les accidens que le médecin dégagé de préventions, et fidèle observateur de la marche de la nature, peut véritablement attribuer à la sortie des dents secondaires. La plupart des autres maladies qu'on se plaît à croire qu'elle occasionne n'ont avec elle autre chose de commun que de se développer au moment où elle s'effectue.

Que les parens se pénètrent bien de cette vérité ; tous les dentistes qui la combattent avec force doivent passer à leurs yeux pour des hommes qui cherchent à faire ressortir outre mesure l'importance de leur minis- tère. Ah ! la vie des enfans n'est-elle donc pas entourée d'assez d'écueils, sans qu'on cherche encore à exagérer le nombre déja si grand des maladies qui peuvent les assaillir.

C'est donc en procurant de bonne heure aux enfans une constitution saine et vigoureuse, qu'on peut espé- rer de leur faire franchir sans accidens le moment où s'opère chez eux le phé- nomène de la deuxième dentition.

Cette précaution devient surtout indispensable pour les enfans nés de parens nerveux, et eux-mêmes d'un tempérament irritable. C'est particu- lièrement pour eux que dès l'âge de trois ou quatre ans deviennent indis- pensables l'exercice, les bains froids, une nourriture sagement réglée, l'habitude d'avoir la tête constamment découverte, et enfin une renonciation presque entière de la part de leurs parens à ces soins minutieux et à ces prévenances continuelles qui les rendent aussi exigeans qu'incapables de supporter la moindre peine et d'affronter la plus légère douleur.

Néanmoins aux approches du remplacement des dents primitives, il est toujours prudent de chercher à détourner et à combattre l'irritation dont la bouche est alors le siége, car elle est susceptible de se propager facilement et d'occasionner des congestions sanguines vers le cerveau.

Ainsi, si la tuméfaction des gencives est considérable, indépendamment de l'emploi des gargarismes émolliens, des cataplasmes placés sous la mâchoire, et de l'application de trois ou quatre sangsues au-dessous de chaque oreille, on pourra faire, avec la pointe d'une

lancette, quelques légères scarifica-
tions sur la gencive gorgée de sang,
donner des lavemens émolliens au
malade, lui faire prendre un bain de
pied salé, et le mettre à une diète
sévère, et à l'usage des boissons re-
lâchantes.

Lorsque les douleurs locales et l'é-
tat d'excitation générale résistent à ces
moyens, auxquels on peut joindre
une saignée générale et de légers calmans, il ne faut point hésiter à faire
enlever les dents dont le remplacement
s'opère. Je pourrais citer plusieurs
cas où j'ai fait de ces extractions avec
le plus grand succès possible, si les
ouvrages consacrés à l'art dentaire n'a-
vaient pas appuyé leur nécessité sur
un nombre suffisant d'exemples.

Quant aux accidens qui surviennent lors de la *pousse* des dents mâchelières ou molaires qui ne sont pas
renouvelées, comme on a beaucoup
plus de raisons pour les attribuer à

la résistance des gencives, que ceux qui se déclarent au moment de la première dentition, il est prudent d'en venir le plus promptement possible à l'incision de la gencive. J'ai tout récemment par ce moyen, chez une jeune dame dont une dent de sagesse voulait paraître, arrêté le développement d'une affection nerveuse dont des migraines continues, des douleurs faciales et le resserrement spasmodique des muscles du cou étaient l'effroyable prélude. Cette incision est peu douloureuse et, faite par une main habile, elle n'expose à aucun danger.

§. III.

Manière de diriger l'arrangement des Dents secondaires, et circonstances dans lesquelles il convient d'enlever celles qu'elles doivent remplacer.

Prévenir les maladies qui peuvent

compliquer la sortie des dents et combattre convenablement ces maladies
quand elles se déclarent, ne sont pas les
seules choses que doit avoir en vue une
mère ou toute personne qui se char-
ge de l'éducation physique des enfans.
L'arrangement symétrique des dents,
quand on ne le considérerait même
que sous le rapport de l'agrément qu'il
procure à la physionomie, serait déjà
d'une assez grande importance pour
réclamer la plus sérieuse attention, et
on ne saurait blâmer trop ouvertement
l'indifférence que quelques mères ap-
portent à cet égard : elles surtout auxquelles une expérience journalière
apprend jusqu'à quel point la beauté
ou les principaux avantages extérieurs
qui la constituent, peut contribuer
non-seulement à l'embellissement,
mais directement même au bonheur
de la vie.

Quels sont donc les moyens propres
à favoriser cet arrangement symétrique

des dents secondaires? consistent-ils
dans l'arrachement précoce des dents
temporaires, comme l'ont prétendu,
et le soutiennent encore plusieurs
dentistes, ou bien dans la conservation
des premières dents jusqu'à leur chute
naturelle?

C'est une question qui peut être
envisagée sous plus d'un point de
vue, et dont la réponse doit varier autant que les circonstances dans lesquelles elle est faite peuvent différer
elles-mêmes. Aussi les personnes étrangères à l'art doivent-elles se montrer
très-circonspectes dans la détermination qu'elles peuvent prendre à cet
égard, et il est peu de cas où l'intervention d'un dentiste ne soit pour le
moins deux ou trois fois nécessaire.

La principale attention qu'il convient d'avoir à l'époque du remplacement des dents de lait, c'est d'en faire
l'enlèvement en temps convenable.
Souvent elles ne tombent qu'avec dif-

ficulté, et leur présence devient une cause mécanique qui empêche celles qui doivent les remplacer, de se développer convenablement, et les oblige même à prendre une direction vicieuse.

· Dans ce cas il ne faut point hésiter à les enlever, car en différant trop on expose un enfant à des difformités, qu'il est toujours moins facile de corriger que de prévenir. La crainte que manifestent beaucoup de dentistes, d'enlever avec la dent de lait le germe de la dent de remplacement, est tout-à-fait chimérique; car dès l'âge de quatre ans et demi ou cinq ans, ce germe est entièrement ossifié et ne touche plus à la dent temporaire dont la racine commence à disparaître.

Cependant il ne faut jamais trop se presser d'ôter des dents de lait, et il ne convient de le faire que quand on a des raisons valables; car quand on en enlève plusieurs de suite sans qu'elles soient ébranlées, les secondes

ne s'arrangent pas si bien, parce
qu'elles trouvent plus de place qu'il
ne leur en faut; ce qui n'arrive pas
quand on les ôte à mesure qu'elles se
renouvellent, alors elles ne prennent
exactement que la place qu'elles doivent occuper.

Rendons cette vérité bien sensible
par un exemple. Chez un enfant de
sept ans, on ôte les quatre incisives;
elles sont remplacées, mais celles qui
viennent étant plus larges que celles
qui sont tombées, forcent bientôt les
canines de lait à se déjeter, et les
disposent à s'ébranler plus vite. Dans
ces entrefaites, les petites molaires
sont enlevées, celles qui doivent les
remplacer ne trouvant plus dans la
canine la résistance latérale qu'elle
devrait leur offrir, s'avancent librement sur le devant, et envahissent
infailliblement sa place; de telle sorte
que la canine de remplacement man-
quant d'espace, se placera en dedans

ou en dehors du cercle dentaire, et constituera ce qu'on nomme communément une surdent.

La difformité qui résulte d'une surdent est donc très-souvent le résultat du systême perturbateur malheureusement adopté par un grand nombre de dentistes, parmi lesquels on compte même des praticiens distingués. Elle est très-frequente chez les jeunes filles qui ont passé la plus grande partie de leur jeunesse dans les pensionnats. La raison en est fort simple : dans ces maisons, de deux choses l'une : ou bien on abandonne entièrement à la nature le soin de l'arrangement des dents, et alors les jeunes filles courent les chances attachées à l'exécution d'une fonction que tout contrarie et que rien ne seconde ; ou bien un dentiste est chargé de faire tous les six mois et quelquefois même tous les ans l'examen de la bouche de toutes les pensionnaires. Alors, soit qu'il cède à

l'envie de prendre acte positif de sa
visite, ou mieux, soit qu'il juge que
l'extraction de quelques dents temporaires deviendra nécessaire avant le
temps fixé pour sa visite subséquente,
il sera toujours trop disposé à opérer,
et cette détermination, prise sur une
nécessité seulement probable, doit
avoir pour les jeunes filles des inconvéniens que leurs parens eussent évités
en consultant le médecin dentiste,
non pas plus souvent, mais en temps
convenable pour chacune d'elles.

Enfin une des principales raisons
qui doivent engager à ne pas trop se
hâter d'extraire les dents temporaires,
c'est que leur présence contribue effi-
cacement à favoriser l'agrandissement
de la mâchoire, ou du cercle alvéolaire
qui, à cet âge, est encore beaucoup au-
dessous de ses dimensions naturelles.

Au reste, il ne faut pas attacher une
trop grande importance à une légère
déviation des secondes dents, occa-

sionnée par un défaut de place ; car
on voit très-souvent ces dents se ranger
d'elles-mêmes à mesure que le cercle
formé par le bord de la mâchoire s'a-
grandit. Ici , comme dans une foule
de circonstances , la nature opère
seule et s'empresse elle-même de réparer ses torts.

Quant aux moyens d'extraire les
dents de lait, ils sont toujours faciles.
Quand cette opération est nécessaire,
ces dents sont sans racines et presque
toujours chancelantes, et leur extraction n'exige que le plus léger effort. Un
fil suffit ordinairement à cet effet, et
ce moyen , ainsi que quelques autres
aussi simples, n'offre rien d'effrayant
et sauve par conséquent aux enfans la
crainte de la douleur. Si ces moyens
ne suffisent pas, il faut nécessairement
avoir recours à un homme de l'art , et
éviter par là l'inconvénient qui pourrait résulter d'une dent de lait cariée

4

ou enclavée par les autres dont elle occupe la place.

Une chose qu'il n'est pas rare de voir
non plus, c'est que les secondes dents
acquièrent une largeur disproportionnée à la mâchoire; d'où il résulte
que ne pouvant se placer convenablement, elles se serrent d'abord les unes
contre les autres, et ne tardent pas à
affecter une mauvaise direction. Ainsi
serrées, les dents n'ont pas le seul inconvénient de se repousser mutuellement en différens sens et de frapper
désagréablement la vue; mais ne pouvant se nettoyer facilement, elles s'altèrent avec la plus grande promptitude.

Il n'existe véritablement qu'un seul
moyen de remédier aux inconvéniens
d'une denture trop serrée : ce moyen
est extrême, il est vrai, mais si on ré-
fléchit à l'importance des avantages
qu'il procure, on n'hésite point à s'y
soumettre ; c'est l'extraction d'une

dent, qui est le plus ordinairement la première petite molaire. Veut-on se soustraire à la douleur qu'occasionne nécessairement l'extraction d'une dent qui a toute sa solidité, il faut l'ébranler insensiblement, et il suffit pour cela d'un gros fil passé autour du collet de la dent et tenu serré pendant plusieurs jours. L'opération faite, on voit insensiblement la place de la dent sacrifiée, être occupée par les voisines et disparaître en tout ou en très-grande partie. Si d'ailleurs ces dernières tardaient trop à se placer convenablement, on peut les attirer par un gros fil de soie, dont le dentiste le moins habile peut très-bien combiner l'action.

Quelque soin qu'on ait pris de surveiller de bonne heure l'arrangement des dents secondaires, il arrive néanmoins assez souvent que quelques unes d'entre elles persistent à se développer dans une mauvaise direction. L'art du dentiste offre alors une multitude de

ressources pour obvier à cet inconvénient; mais il est évident qu'il faut
avoir recours à ces ressources le plus
promptement possible, car les difficultés qu'on éprouve à corriger la direction vicieuse d'une dent augmen-
tent nécessairement d'autant plus
qu'elle acquiert davantage de solidité.

Les moyens propres à ramener une
dent à sa place naturelle sont de deux
sortes : les uns ont une action lente,
continue et incapable d'occasionner la
moindre douleur; les autres agissent
au contraire d'une manière prompte,
mais douloureuse, et seraient par cela
même plus rarement employés aujourd'hui, si d'un autre côté ils n'a-
vaient pas des inconvéniens dont sont
exempts les premiers.

La description de ces deux ordres
de moyens appartient à la chirurgie et
non à l'hygiène dentaire, et on conçoit
d'ailleurs que leur application et leur
combinaison doivent varier suivant

une foule de circonstances, et que leur bon effet résulte uniquement de la perspicacité et de l'adresse du dentiste, auxquelles aucune description ne saurait suppléer. Mais comme la persévérance que mettent beaucoup de personnes à douter de l'efficacité des premiers de ces deux moyens ne saurait avoir que de tristes résultats, il n'est pas inutile que je rappelle ici qu'une dent qu'on cherche à redresser ne représente pas une force inerte qu'on doit surmonter, mais seulement une force active dont on doit changer la direction.

Qu'on réfléchisse d'ailleurs à la facilité avec laquelle les plus résistantes de nos parties cèdent à l'action de la puissance la plus légère, mais longtemps continuée, et on reconnaîtra qu'un dentiste adroit peut avancer, sans crainte d'être démenti, qu'il est peu de cas dans lesquels un fil conduit habilement ne lui suffise

pour redresser une dent, quelque dé-
jetée qu'elle soit.

Les soins qu'exige l'arrangement des
dents ou mieux l'entretien de la bouche chez les enfans, ne sont donc pour
la plupart que d'une facile exécution.
Cette considération devrait être un
mobile assez puissant pour l'emporter
sur l'insouciance que témoignent à cet
égard tant de parens, dont les uns affectent de méconnaître totalement la
nécessité de ces soins, tandis que les
autres les confient à des domestiques
dont le zèle ne suffit jamais pour garantir les enfans des atteintes du mal:
aussi ne saurait-on trop se récrier contre cette confiance déplacée. Les mères, les mères seules, peuvent prendre
assez d'intérêt à leurs enfans pour remplir cette tâche indispensable. J'appelle
ici leur sollicitude et j'invoque leur
tendresse. Qu'elles donnent seulement
à l'entretien de la bouche de leurs enfans quelques minutes des heures

qu'elles emploient à l'arrangement de leur chevelure, et bientôt nous cesserons d'être affligés du pénible spectacle que nous offre un si grand nombre d'enfans dont les bouches portent l'empreinte d'une destruction qui ne devrait être que le triste résultat du poids des années.

Je ne pense pas que pour se dispenser des soins dont je cherche à faire sentir l'importance, on puisse alléguer l'exemple de quelques personnes dont les dents sont dans le plus bel ordre, sans que jamais dans leur enfance on y ait fait la plus légère attention. Je conviens de la possibilité de la chose; mais pour un très-petit nombre de personnes chez qui la nature a tout fait, combien n'en voit-on pas d'autres, parmi les femmes surtout, qui doivent à l'obstination qu'ont apportée leurs parens à dédaigner les soins d'un dentiste ou à négliger ses conseils, le désagrément d'avoir des dents si difformes et si mal en ordre, qu'elles n'osent rire ouvertement ni presque parler en compagnie?

~~~~~~

CHAPITRE III.

APPLICATION DES RÈGLES GÉNÉRALES DE L'HYGIÈNE OU DES LOIS DE LA SANTÉ A LA CONSERVATION DES DENTS.

§. I.

Des alimens qui conviennent à la conservation des dents et des différentes parties de la bouche.

IL en est des dents et de la bouche toute entière, comme de toutes les autres parties qui composent notre corps, leur conservation dans l'état de santé parfaite repose sur deux ordres de conditions : les unes de ces conditions sont générales, c'est-à-dire, ne regardent la bouche que parce qu'elle est soumise aux lois fondamentales qui régissent l'économie toute entière; les autres sont particulières, c'est-à-dire ne s'appliquent exclusivement qu'aux dents. Les premières, comme on le voit, constituent le régime de vie proprement dit ; les autres ne forment que des précautions locales.

C'est de l'exposé de ces deux ordres de conditions que nous allons nous occuper présentement, et, en suivant l'ordre fixé par leur importance relative, nous commencerons nécessairement par les premières; mais nous nous bornerons toutefois à leur égard à quelques règles générales, en choisissant de préférence celles qui sont plus particulièrement applicables à la conservation des dents.

Le choix des alimens est sans contredit la première et la plus indispensable des précautions que doit prendre toute personne qui attache du prix à sa santé, et par suite à la conservation de ses dents. Mais s'il n'est aucune vérité qui soit moins susceptible de contestations que celle-là, il n'en est malheureusement aucune aussi dont on s'empresse moins de subir les conséquences. Tel est même le peu d'attention qu'on apporte en général à cet égard, qu'on peut avancer, sans crainte d'être contredit, que la moitié pour le moins des maladies qui traversent le cours de la vie humaine, sont l'effet immédiat de l'oubli des principes sur lesquels devrait être réglé tout ce qui a rapport à la nourriture.

Cette assertion irrécusable s'applique particulièrement aux personnes qui forment les deux extrémités opposées de la société des grandes villes; car si dans les rangs inférieurs la nourriture n'y est qu'une suite interminable d'excès, n'est-il pas juste aussi de reconnaître que cette variété indéfinie, ou ce bizarre assemblage de mets qui se disputent le pouvoir d'exciter le palais des opu-lens, n'est rien moins que de l'intem-pérance, et doit porter à la santé des coups aussi funestes que les excès eux-mêmes.

La constitution particulière de cha-que personne est la règle principale qui doit décider du choix des alimens dont elle doit plus particulièrement faire usage. Cette constitution n'étant autre chose que ce qu'on nomme commu-nément tempérament, et le tempéra-ment désignant une manière d'être particulière du corps, qui est déjà par elle-même une prédisposition à l'état de maladie, il est évident que les meilleurs alimens pour chacun, seront ceux qui tendront à modérer les effets naturels de son tempérament, ou à affaiblir la tendance qu'il a de dégénérer en maladie.

Ainsi, les personnes dont la fibre est lâche, la peau blanche, les facultés

intellectuelles lentes, doivent choisir
de préférence leurs alimens dans la
classe de ceux qui ont une action ex-
citante sur l'économie, tels que les
viandes, le vin pris modérément. Les
personnes, au contraire, chez lesquelles le sang est en abondance, la susceptibilité nerveuse vive et les détermina-
tions morales promptes, doivent se
nourrir plus particulièrement d'alimens tirés du règne végétal, et choisir
pour leur boisson habituelle, celles où
le principe alcoholique domine le
moins; et ainsi de suite pour les autres tempéramens.

Rechercher dans la qualité particulière de chaque aliment, l'influence
qu'il peut avoir en premier résultat
sur l'entretien de la santé, et par suite
sur la conservation des dents, serait,
comme on le voit, une tâche qui nous
éloignerait évidemment de notre sujet.
Aussi devons-nous nous borner à tenir compte ici de l'action que certains

alimens exercent sur l'état des dents, dans le moment où ils sont soumis à l'acte de la mastication.

On peut dire en général à cet égard, que les substances animales sont moins favorables à la conservation des dents, que les substances végétales, et il n'est pas difficile de trouver l'explication positive de ce fait d'observation dans la difficulté qu'on éprouve à extraire d'entre les dents le résidu fibreux des viandes rôties, ou à enlever l'enduit glutineux de celles qui sont préparées à l'ébullition.

Au nombre des substances qu'on regarde généralement comme très-contraires aux dents, sont toutes celles qui contiennent du sucre. Cette prévention est-elle réellement fondée, ou ne serait-elle que le résultat de quelques préjugés? C'est une question qu'il est d'abord difficile de trancher; car si d'un côté on objecte que les Nègres employés dans la préparation du sucre ont les dents très-blanches, et que quelques individus ont conservé leurs dents fort longtems, quoiqu'ils fissent un très-grand usage de sucre (1) ; d'un autre côté aussi on répond que bien que le sucre ne renferme aucun acide susceptible d'altérer les dents, il ne leur est pas moins préjudiciable par ses qualités physiques. En effet, mangé seul et en substance, il agit très-évidemment comme toutes les poudres provenant des sels durs, et finit par détruire l'émail à la manière de la craic, de la lime; pris en sirop ou à l'état de confiture, il s'agglutine sur les dents, les soustrait momentanément à l'action de l'air et les force ainsi à devenir le centre habituel d'une fluxion inflammatoire, qui est souvent le triste prélude de la carie.

(1) Le duc de Beaufort avait, à plus de soixante-dix ans, conservé toutes ses dents, quoiqu'il mangeât plus d'une livre de sucre par jour.

Ainsi, sans admettre la qualité essentiellement nuisible qu'on attribue
généralement au sucre, ou bien aux
mets qui le récèlent, qualité en faveur
de laquelle l'analyse chimique ne dépose rien, quelle que soit d'ailleurs
l'opinion de plusieurs dentistes; il
n'est pas moins certain qu'on a de
fortes raisons pour conseiller aux personnes qui attachent du prix à la
blancheur et à la bonté de leurs dents,
d'être modérées dans son usage. On a
même plus que des raisons à alléguer
à cet égard, car le rôle que joue le
sucre dans les poudres dentifrices,
montre évidemment qu'il est capable
d'user à la longue l'émail des dents, et
l'espèce d'agacement qu'il procure
chez beaucoup de personnes, justifie
le second des deux reproches que j'ai
pensé qu'on peut lui faire.

Certes on aurait donc plus de motifs
qu'il n'en faut pour détourner les enfans de l'attrait qu'ont pour eux toutes

les substances dans la composition desquelles entre le sucre, si d'un autre
côté son usage fréquent n'avait pas
des dangers pour la santé, à cause de
la vive excitation qu'il détermine
dans toute l'économie, ou en un mot
s'il n'était pas éminemment échauf-
fant.

Les fruits verts, et en général toutes
les substances acides, solides ou liquides, sont extrêmement nuisibles
aux dents. Les jeunes filles ne sauraient
croire combien leur est préjudiciable
l'avidité avec laquelle elles recherchent
les boissons acidules et les fruits verts ;
si la crainte d'altérer leur santé ne les
retient pas, qu'elles cèdent du moins
aux dangers qu'elles font courir à
leurs dents, en sacrifiant à un goût
aussi bizarre.

L'usage des liqueurs alcoholiques est
aussi très-nuisible aux dents, et en
supposant même que leur action chimique fût nulle, elles ont toujours

l'inconvénient de mettre les gencives
et les diverses parties de la bouche
dans un état constant d'irritation,
dont les effets se font ressentir sur les
dents. L'observation a également prouvé que les eaux de puits contribuent
promptement à altérer l'émail des
dents, et ce que la connaissance de la
composition de ces eaux fait pressentir, l'examen de la bouche des personnes qui en font usage le démontre;
aussi est-il peu de personnes dans les
villes où l'emploi de l'eau de rivière
est impossible, qui n'aient perdu la
plus grande partie de leurs dents avant
la quarantième année.

La nature directe des alimens n'est
pas la seule chose à considérer dans le
choix qu'on doit faire d'eux, relativement à la conservation des dents; la
forme et la température sous lesquelles ils sont présentés à la bouche, exigent aussi quelque attention.

C'est ainsi qu'on devrait se faire de

très-bonne heure l'habitude de ne jamais essayer de casser avec les dents aucune espèce de noyaux, des amandes,
noix, etc. : conseil banal, il est vrai,
mais dont on ne sent toute l'importance que quand le mal que son oubli
a occasionné est irréparable.

Quant à la précaution relative à la
température des alimens, elle consiste
à éviter les deux extrêmes. Trop
chauds, ils occasionnent des inflammations de la membrane qui tapisse
toute la bouche et obscurcissent nécessairement le sens du goût, en même tems qu'ils disposent les gencives
à un saignement continuel, et tiennent les vaisseaux et les nerfs que
contient la cavité des dents dans une
éréthisme constant que la plus légère
cause fait passer à l'état d'inflammation. Trop froids, ils forcent le sang
à quitter brusquement la bouche, ir-
ritent les nerfs dentaires, et disposent
à ces douleurs odontalgiques qu'on

rencontre assez fréquemment sans
que la dent offre la plus légère trace
d'altération.

C'est surtout le changement brusque de mets de température opposée,
qui est préjudiciable; la sensibilité
des dents, excitée tout à coup en sens
contraire, se détériore promptement,
et le tissu de la dent en souffre. Cette
réflexion trouve naturellement son application à l'habitude qu'on a généralement de boire froid immédiatement
après le potage. Un vieil adage dit que
cet usage n'est nuisible qu'au médecin ; mais la raison et l'expérience
prouvent qu'il est éminemment favorable au dentiste.

§. II.

*De l'influence que les vicissitudes at-
mosphériques et les vêtemens exercent
sur le développement des maladies de
la bouche et des dents.*

Après les alimens, l'air et les vête-

mens qui servent à nous garantir de
ses injures, sont assurément les objets
dont la conservation des dents exige
le plus qu'on fasse un examen attentif.
Malheureusement à cet égard la voix
de la vérité a été jusqu'ici, et sera
peut-être long-tems encore impuis-
sante contre l'empire fatal des préjugés, et l'ascendant bizarre que la mode
exerce si tyranniquement sur les femmes. Car c'est en vain qu'une foule
d'hommes véritablement philanthro-
pes ont conjuré le sexe aimable pour
lequel j'écris particulièrement de n'a-
dopter que des manières de se vêtir,
qui n'altérassent ni sa santé, ni sa
beauté; la raison n'a été entendue que
quand il a fallu chercher auprès d'elle
un remède ou quelque soulagement
aux douleurs que le caprice de la
mode avait occasionnées.

Dans une matière où ont échoué
tant de voix éloquentes, je n'ai pas la
prétention d'être écouté; mais pour

remplir entièrement la tâche que je me suis imposée, je dois reproduire ici les dangers auxquels on expose en général sa santé et en particulier ses dents, quand on néglige les précautions en vertu desquelles on peut se soustraire à l'action pernicieuse que l'air dans quelques circonstances est susceptible d'exercer sur nous.

La première des précautions qu'on doit prendre à l'égard de l'air, c'est de se défendre également contre une chaleur extrême et contre un très-grand froid ; mais surtout d'éviter de passer brusquement d'une température extrême à une température opposée.

Après les poumons, les dents sont sans contredit les organes qui sont le plus exposés à ressentir les suites funestes des nombreuses imprudences qu'on commet journellement à cet égard ; car elles sont d'autant plus accessibles à toute impression forte, que leur sensibilité est toujours main-

tenue à un juste degré par la douce
chaleur et l'humidité que l'air con-
tracte en traversant la bouche dans
l'acte de la respiration.

C'est surtout le passage brusque du
chaud au froid, qui est le plus perni-
cieux aux dents. Elles sont susceptibles sous l'influence de cette cause de
s'altérer de deux manières différentes;
tantôt directement, tantôt indirectement : directement, par la vive sti-
mulation que le froid fait éprouver
aux vaisseaux sanguins et aux nerfs
que contient la membrane renfermée
dans le canal dentaire; indirectement,
par la suppression brusque de la transpiration de quelque partie du corps,
qui, quelle que soit d'ailleurs l'explication médicale qu'on donne du fait,
se porte sur la membrane qui tapisse
la bouche, et delà sur les dents, en
donnant naissance à ces gonflemens
inflammatoires de toute l'épaisseur
des parois de la bouche, générale-

ment désignés sous le nom de fluxions.

Les femmes doivent à la finesse naturelle de leur peau, à leur extrême
sensibilité et à l'état de susceptibilité
particulière où les place chaque mois
l'évacuation sanguine à laquelle elles
sont sujettes, le triste avantage d'être
plus facilement accessibles que les
hommes aux effets de tout changement brusque de température. Malheureusement la vie sédentaire et
par fois tout-à-fait monotone à laquelle nos institutions sociales les assujettissent, n'est propre qu'à augmenter encore en elles cette fâcheuse
disposition à contracter des catarrhes,
des fluxions, des maux de gorge, et
cette foule d'indispositions, légères
en apparence, mais dont la répétition
entraîne dans beaucoup de cas la
perte de leurs dents.

Le meilleur moyen de se prémunir
d'avance contre les effets nuisibles des

vicissitudes de l'atmosphère, serait de
contracter de bonne heure l'habitude
de ne se couvrir que modérément, et
de prendre en plein air un exercice
qui, en favorisant le développement
harmonique de toutes les parties du
corps, donnât à chacune d'elles la
force de réagir contre toutes les causes qui tendent à troubler leur action.

Malheureusement le plan essentiellement vicieux d'éducation, adopté pour
les jeunes filles, tend à un résultat en
tout point différent de celui où abou-
tirait l'habitude dont je viens de faire
ressortir les avantages; et le médecin
à cet égard est réduit ou à former des
vœux stériles, ou à se borner à donner des conseils dont l'application est
purement de circonstance.

Aussitôt que la température de l'air
éprouve quelque changement, les femmes doivent donc avoir le soin de se
couvrir convenablement. Ont-elles à
marcher sur un sol humide? Qu'elles

prennent des chaussures propres à garantir leurs pieds de toute humidité.
Quittent-elles pendant l'hiver un salon
dont la température est très-élevée?
qu'elles tâchent, au moyen d'un mou-
choir approché de la bouche, de soustraire leurs dents à la première impression de l'air.

La précipitation avec laquelle la plupart des jeunes personnes sortent des
bals ou des réunions de nuit, qui ont
ordinairement lieu dans le moment le
plus rigoureux de l'hiver, est éminemment funeste à un très-grand nombre
d'entre elles. C'est à une mère à rappeler
dans cet instant à sa fille les précautions
que la nécessité exige d'elle; ce que l'a-
mour maternel la porte à faire dans ce
cas, l'intérêt personnel suffirait seul
pour le commander; car une mère, en
recevant de toutes parts le juste tribut
d'hommages qu'on s'est empressé de
payer à la beauté de sa fille, ne con-
tracte-t-elle pas évidemment l'obliga-

5

tion sacrée de veiller elle-même à la conservation de ses charmes.

Les femmes doivent aussi se préserver du dangereux écueil où les entraîne si souvent le désir de se vêtir d'étoffes légères au renouvellement de la belle saison, et de rester longtemps exposées à l'humidité que les arbres entretiennent sur la plupart de nos promenades et que la couche légère de sable dont leur sol est recouvert n'est pas propre à dissiper. Ce conseil s'adresse particulièrement à celles qui seraient enceintes ou dans le moment de leur éruption périodique, et devrait être d'autant plus strictement suivi, qu'elles auraient une disposition à contracter des rhumes et qu'elles seraient sujettes à des douleurs de dents.

Un usage trop fréquent des éventails, en arrêtant à chaque instant la transpiration, peut aussi avoir une part active dans le développement des différentes maladies des précieux organes dont la conservation nous occupe. La plus légère réflexion suffit pour faire sentir la réalité de l'inconvénient que j'attribue à l'action de l'éventail, car s'exerçant sur la figure, son effet doit se faire particulièrement sentir sur les différentes parties qui composent la bouche.

Au nombre des objets qui font partie de la toilette des femmes, et qui portent une atteinte fort préjudiciable aux dents, on peut mettre les fards et un grand nombre d'eaux spiritueuses dont on fait un usage assez fréquent. Presque tous ces cosmétiques contiennent des substances minérales qui sont de véritables poisons. C'est ainsi que dans les fards il entre ordinairement de l'antimoine, du bitume, de l'oxyde de plomb, tandis que les eaux spiritueuses, comme les eaux de Ninon, des Sultanes, à la Duchesse, à la Maréchale, contiennent fréquemment du muriate suroxygéné de mercure, ou

du muriate de plomb. Les unes de ces
substances agissent directement sur les
dents auxquelles elles sont portées par
les vaisseaux lymphatiques qui de la
peau vont se ramifier sur la membrane
qui tapisse toute la bouche ; les autres
agissent à la manière de tous les astrin-
gens, dont l'effet est de tendre à forcer le sang d'une partie à refluer sur
les organes voisins.

Par un heureux retour aux usages
consacrés par la raison et le bon goût,
l'emploi de la plupart de ces préparations dangereuses est aujourd'hui presque entièrement tombé en désuétude.
Mais les femmes qui par leur position
seraient obligées d'en faire usage, et
qui pourtant tiennent à conserver leurs
dents, ne devraient se servir que de
cosmétiques qui ne renfermassent au-
cuns sels ou oxydes métalliques : ceux
qui sont composés de substances végétales ne sont pas sans inconvénient
pour la peau, mais leur action semble

moins pernicieuse aux dents ; aussi méritent-ils la préférence.

Enfin, une habitude qu'ont la plupart des femmes en s'occupant de l'ajustement de leurs vêtemens, c'est de porter constamment des épingles ou des aiguilles à leur bouche et de se servir de leurs dents pour couper du fil, de la soie, etc. Ces corps durs altèrent à la longue l'émail des dents, et ce qui ne laisse aucun doute à cet égard, c'est que toutes les femmes qui par état se livrent habituellement à des ouvrages d'aiguille, ont une perte de substance vers les dents qui répondent à la commissure des lèvres.

Le conseil que je donne aux femmes de s'abstenir entièrement de cette habitude trop commune, ne pourrait donc paraître minutieux qu'aux personnes qui jugent trop légèrement et qui ignorent qu'en fait de maladies, les causes les plus simples peuvent conduire à de funestes résultats. La nécessité ne nous force-t-elle donc pas assez souvent à nous écarter de la route du bien, sans que nous négligions encore quelques précautions qu'il est en notre pouvoir d'opposer à l'atteinte du mal?

Enfin pour compléter l'examen de l'influence défavorable et même éminemment pernicieuse, que l'air dans quelques positions particulières de la vie peut exercer sur les dents, il me resterait à considérer la conservation de la bouche dans ses rapports avec certaines professions. Mais il est facile de pressentir que les recherches et les réflexions que pourrait me suggérer ce sujet, m'entraîneraient dans une foule de considérations physico-chimiques plus propres à figurer dans un ouvrage uniquement réservé aux médecins, que dans un livre plus spécialement destiné aux personnes étrangères à l'art et jalouses de conserver leurs dents.

D'ailleurs, la plupart des individus qui se livrent à des professions insalubres, ordinairement placés entre les premiers besoins de la vie et l'amour de leur santé, subissent le joug rigoureux de la nécessité, et mes conseils, quelque sages et prudens qu'ils fussent, ne sauraient les garantir des peines attachées à leur position. Tout ce que nous pouvons faire à cet égard, c'est de gémir, avec tous les hommes véritablement amis de l'humanité, en voyant à quel prix nous achetons quelquefois les douceurs de la vie sociale, et à combien de milliers d'individus les plus faibles de nos jouissances coûtent journellement la vie.

CHAPITRE QUATRIÈME.

DES RÈGLES SUIVANT LESQUELLES DOIVENT ÊTRE DIRIGÉS LES SOINS PARTICULIERS QU'EXIGE LA PROPRETÉ DES DENTS.

§ I.er

Des soins journaliers qu'exige l'entretien des dents, et de la nécessité de faire sentir de bonne heure leur importance aux jeunes gens.

Quelque heureux résultat que puisse avoir sur la conservation des dents le soin qu'on aura pris de ne choisir que des alimens convenables, et de soustraire sa bouche à l'action de tout air qui n'aurait pas les qualités requises, l'espoir de conserver long-temps ces précieux organes serait encore chimérique, si on dédaignait de se soumettre à certaines précautions locales dont nous avons déja établi plus d'une fois ailleurs l'indispensable nécessité.

Ces précautions forment ce qu'on nomme communément les soins de propreté de la bouche. Elles semblent en général d'une exécution si simple et si facile, que quelques personnes pourraient penser au premier abord que je devrais m'en tenir ici à faire ressortir leur nécessité et passer légèrement sur leur description. Mais je suis tellement convaincu que parmi les personnes qui tiennent le plus à la bonté et à la blancheur de leurs dents, il n'en est qu'un très-petit nombre qui ne commette de fréquentes erreurs dans les règles suivant lesquelles doit être dirigé tout ce qui constitue ces soins journaliers, que je me fais un devoir de n'omettre aucun des détails, même les plus minutieux, que leur examen réclame.

Le premier de tous les soins journaliers qu'exige la conservation des dents,

5..

c'est de se rincer la bouche immédiatement en sortant du lit et avec de l'eau
à une température de 8 à 10 degrés.
Cette précaution n'est point à négliger,
car il est évident que si on se sert de
suite d'une brosse ou de tout autre
corps, on promène sur les dents et sur
les gencives, les mucosités dont la bouche s'est enduite pendant la nuit, et
qu'on parvient ainsi plus difficilement
au but qu'on se propose.

L'eau pure suffit ordinairement à
cet effet, mais les personnes dont l'haleine serait forte, ou qui auraient les
gencives blafardes et molles, feront
bien d'y ajouter quelques gouttes d'une
eau-de-vie légère ou d'une eau de Cologne préparée par un pharmacien
habile, et non pas de celle qui recèle
quelques substances nuisibles comme
on ne l'achète que trop souvent chez
les personnes étrangères à l'art du
parfumeur.

On fait ensuite usage d'une poudre

dentifrice quelconque, dont on frotte légèrement dans tous les sens avec un corps humide, non seulement les dents, mais encore les gencives. Mais sur quel corps faut-il appliquer cette poudre? Faut-il donner la préférence à une brosse, à une éponge fine ou bien même au doigt muni d'un morceau de drap? L'usage s'est à cet égard entièrement prononcé en faveur de la brosse, et Fauchard, l'Hippocrate de la médecine dentaire, reviendrait assurément de l'opinion défavorable qu'il avait des brosses de crin, en voyant avec quelle facilité on peut aujourd'hui s'en procurer d'une extrême finesse.

L'éponge, dont Fauchard préconise les avantages, a d'ailleurs l'inconvénient de produire en passant sur les dents une sensation fort désagréable, surtout pour les personnes qui, à la suite de quelque accident ou de quelque opération, ont des dents privées d'une partie de leur émail. Ensuite la brosse à l'avantage de pouvoir être dirigée sur les côtés des dents et de les frotter ainsi dans tous les sens ; tandis que les éponges fixées sur un corps résistant, ne frottent que sur le milieu des dents, et n'agissent en aucune façon sur le point par lequel elles se touchent, et où il est pourtant le plus nécessaire d'agir.

On se sert encore, pour nettoyer les dents, de différentes racines taillées en pinceaux par l'une de leurs extrémités. Ces racines sont ordinairement celles de réglisse, de luzerne ou de guimauve, qu'on fait bouillir à plusieurs eaux et dont on ne se sert qu'après les avoir teintes et aromatisées. Si elles ont sur les brosses l'avantage d'être plus douces, elles ont aussi l'inconvénient d'être difficiles à conserver ; car placées dans un lieu sec, elles se durcissent trop ; exposées à l'humidité, elles se moisissent. Leur usage est aujourd'hui généralement abandonné.

Quant à la nature de la poudre dentrifice dont on devrait faire usage, on
peut consulter à cet égard le cinquième
chapitre de cet ouvrage, qui est uniquement consacré à la préparation des
diverses substances pharmaceutiques
employées pour les dents, et destiné
à mettre les personnes qui attachent
du prix à leur conservation dans le cas
d'éviter les pièges que tant de charlatans tendent et à l'espérance et à la
crédulité.

Quelques personnes, pour se soustraire aux dangers qui accompagnent
si souvent l'emploi des poudres dentifrices, se servent de poudre de tabac
ou de suie. Ces substances n'ont pas
seulement l'inconvénient d'une extrême malpropreté, et de laisser à la
bouche un goût fort désagréable ; mais
leur emploi habituel donne aux dents
une teinte jaune qu'il est presque impossible par la suite de faire disparaître ; une poussière très-fine de char-

bon leur serait infiniment préférable.

Après avoir frotté ses dents plus en
dehors qu'en dedans où elles sont
moins susceptibles de retenir des matières étrangères et de se couvrir de
tartre, on doit se rincer la bouche à
plusieurs reprises pour enlever le limon que la poudre dentrifice aura dé-
posé sur les dents. On peut se servir
à cet effet d'une eau tiède pure, mais
il est préférable d'aromatiser cette eau
par quelques gouttes d'eau de Cologne
ou d'un élixir dans la composition duquel n'entreront que des substances
balsamiques.

Le jus de citron, le suc d'oseille,
l'acide muriatique, dont quelques personnes se servent, même d'après les
avis de certains dentistes, doivent être
sévèrement proscrits ou employés avec
la plus grande circonspection; car ces
différens acides ne blanchissent les
dents que pour la première fois qu'on
les emploie, et leur usage continu,

finit par les jaunir, puisqu'ils détruisent insensiblement leur émail et les privent par là de l'éclat que leur donne la texture serrée de cette enveloppe extérieure qui est la partie la plus solide de la dent.

Indépendamment de la précaution qu'on aura prise de choisir une brosse dont la force sera proportionnée à la sensibilité des gencives et à l'épaisseur et la dureté de l'émail, on doit observer de la tenir très-propre, de manière qu'après avoir été lavée, elle ne puisse donner aucune teinte à l'eau claire. Il n'est pas indifférent non plus de renouveler cette brosse dès qu'elle commence à s'user, parce que, si dès le moment où on s'en est servi pour la première fois, elle a un degré de mollesse convenable, elle devient nécessairement trop résistante à mesure que les crins qui la forment perdent de leur longueur.

Chaque fois qu'on cesse de manger,

il est indispensable de se servir d'un cure-dent pour enlever les particules alimentaires qui se sont insinuées entre les dents, et dont le séjour favorise la formation du tartre et prédispose à la carie. Les meilleurs cure-dents sont ceux de plumes ; il ne faut jamais se servir de ceux de métal et encore moins d'aiguilles, d'épingles et autres corps semblables.

En Italie, par exemple, et dans quelques autres pays, on se sert communément de cure-dents faits avec un bois flexible, et en même temps serré ; ils ont cet avantage sur ceux de plume, que leur pointe n'est jamais aussi acérée, et qu'ils exposent moins à blesser les gencives. De petites lames de baleine ou d'écaille, taillées en pointes, peuvent aussi remplacer sans inconvénient les cure-dents de plume.

Dans quelques pays on est dans l'habitude d'offrir aux convives, après le repas, de l'eau tiède pour se rincer la bouche; cette prévenance est fort louable. La forme élégante de quelques coupes consacrées à cet usage, et trouvées dans les fouilles d'Herculanum et de Pompéï atteste évidemment que les anciens Romains attachaient à cet objet une grande importance.

Je m'étonne qu'en France, où l'on se pique de porter à l'extrême tout ce qui peut contribuer au bonheur de la vie, on soit si long-temps à adopter généralement ce soin de propreté dont la nécessité est incontestable. Un usage marqué comme celui-ci au coin de l'utilité compenserait de ce qu'a de fatiguant le cérémonial d'un grand dîner, et ferait oublier certaines pratiques que le luxe et l'étiquette ont mal à propos introduites dans le grand monde.

Enfin, il n'est pas inutile non plus de faire soi-même, au moins une fois

par semaine, l'inspection de sa bouche;
j'entends par-là se placer devant un
miroir pour regarder toutes ses dents
les unes après les autres, passer le
cure-dent entre toutes, et même les
frapper doucement avec un corps
dur pour juger si l'on éprouve quelque sensation désagréable qui pro-
viendrait d'une carie naissante et dont
l'œil n'aurait pu s'apercevoir. On peut
se servir avec avantage dans ce cas du
petit miroir à bouche, dont l'extrême mobilité permet de porter la
vue sur toutes les parties des dents :
l'importance de ce petit meuble est
telle même, qu'il devrait avoir sa
place marquée sur la toilette de toutes
les dames.

Tels sont les soins de propreté ou
mieux les précautions journalières
que réclame la conservation des dents ;
ils sont simples, comme on voit, et
d'une facile exécution ; et s'ils paraissent assujettissans, c'est qu'en géné-

ral on ne sent que trop tard l'importance des avantages qu'ils procurent ;
tandis que si on en prenait de très-bonne heure l'habitude, on y ferait à
peine attention et on s'y livrerait comme à tant d'autres occupations journalières auxquelles on se livre, pour
ainsi dire, à son insu.

C'est surtout aux jeunes filles qu'il
importe de faire contracter de bonne
heure cette précieuse habitude ; et si
les conseils ne suffisent pas, il est pour
se faire écouter d'elles, un moyen
presqu'infaillible : c'est de piquer
leur amour-propre, et de leur montrer
jusqu'à quel point toute négligence
apportée dans les soins que réclament
leurs dents, peut éloigner pour elles
ce moment après lequel elles soupi-
rent même dès l'âge le plus tendre.
Il est facile de voir que je veux parler ici du mariage.

Ainsi, sans trop exciter en elles le désir de plaire, désir dont l'excès seul con-

stitue la coquetterie, on doit leur
montrer cependant que si nous atta-
chons un grand prix aux qualités
morales des femmes, leurs agrémens
extérieurs n'en sont pas moins les plus
précieux apanages de leur sexe, et
l'objet éternel des hommages du
nôtre.

Pour leur prouver que ces agrémens ne sauraient être parfaits sans
de belles dents, chaque fois qu'une
mère dans la société rencontrera une
femme dont la bouche porterait l'empreinte de quelque négligence, qu'en
la désignant à sa fille elle laisse
échapper cette phrase si persuasive :
voilà une femme aimable ; mais elle
serait en même temps jolie et aimable, si elle avait d'autres dents.

Je doute qu'il y ait une seule de-
moiselle qui ne cherchât, par des soins
de propreté ou par de légers secours
de l'art du dentiste, à éviter cette observation qui est de tous les temps,

de tous les lieux , et qui sort souvent de la bouche même de ceux qui sont privés de l'avantage d'avoir de belles dents ; tant est désagréable la première impression que produit sur nous la vue du mauvais état de cette partie si remarquable de la figure.

D'ailleurs pourquoi prendre des détours quand il s'agit de proclamer une vérité que personne ne conteste : un sexe fait pour plaire ne doit rien négliger de ce qui peut lui fournir les moyens d'arriver à ce but. Aux yeux même d'une austère philosophie la négligence est plus blâmable que l'excès contraire. Pour ne pas sortir de notre sujet , combien de demoiselles ne seraient pas restées telles, si leur abord rebutant n'avait pas éloigné ceux que leur fortune aurait engagés à solliciter leur main ! Combien de femmes doivent l'éloignement de leurs époux aux ravages que la négligence a faits à leur bouche, et à l'haleine désagréable qui accompagne presque toujours des dents rongées par la carie.

Si j'insiste ici sur la nécessité d'habituer de bonne heure les jeunes demoiselles à regarder comme indispensables les soins que demande la propreté de leurs dents, je ne prétends pas dire que les jeunes gens de l'autre sexe doivent s'abstenir de ces soins. tel est même mon avis à cet égard, que je cherche vainement à comprendre comment un père peut confier l'éducation de son fils à un étranger, sans lui recommander expressément de l'habituer à donner à la propreté de ses dents la même attention qu'il accorde à celle de sa figure ou de ses mains.

Prendre de sa personne des soins trop minutieux serait assurément une chose ridicule de la part d'un homme; mais pousser le dédain de soi-même jusqu'à négliger une pratique que la décence seule réclame , serait une conduite plus ridicule encore.

C'est ce qu'il ne faut cesser de représenter aux jeunes gens ; quelle que soit la position de la société dans laquelle ils se trouveront placés , ils applaudiront aux vues qui auront dicté de semblables conseils , et se féliciteront de les avoir suivis.

Lancés dans la carrière du barreau ou de la littérature, ils exprimeront leurs pensées avec autant de force que de netteté , et modulant à volonté les inflexions de leurs voix , ils parleront plus directement au cœur de leur auditoire et entraîneront son esprit. Médecins , ils ne fatigueront pas la susceptibilité d'un malade par cette odeur désagréable qui s'exhale de la bouche de tant de personnes. Hommes du monde, enfin , ils n'offriront pas le contraste choquant d'une mise recherchée et d'une bouche ravagée par la carie, dont le spectacle est d'autant plus fatiguant, que celui qui l'offre est moins indispensable dans la société.

§ II.

Réfutation de l'opinion qui fait regarder comme dangereux l'emploi de la lime pour raccourcir des dents qui sont trop longues et séparer celles qui sont trop serrées.

Dans le dernier paragraphe du deuxième chapitre, j'ai fait sentir combien il était nécessaire de surveiller la deuxième dentition pour procurer aux enfans une denture régulière, et j'ai montré qu'aussitôt que les secondes dents affectaient une direction vicieuse, il fallait avoir recours au chirurgien-dentiste, afin qu'il prévînt de bonne heure toute difformité de la bouche, par quelques-unes des nombreuses ressources que possède son art.

. Tout ce que j'ai dit à ce sujet, ne s'applique donc qu'aux dents considérées sous le point de vue de leur direction, ou mieux sous le rapport de la place que chacune d'elles doit occuper ; mais elles peuvent encore offrir plusieurs autres irrégularités dans leur développement : deux des plus fréquentes sont la longueur disproportionnée de quelqu'une d'entr'elles, et le rapprochement trop intime de plusieurs ou de toutes.

La première de ces deux irrégularités n'a pas le seul inconvénient d'être d'un aspect fort désagréable, mais la dent qui la présente, heurtant sans cesse la dent correspondante de l'autre mâchoire, la gêne, l'ébranle et en détermine la perte, après avoir occasioné de très-fortes douleurs, et forcé le sujet à ne mâcher qu'incomplètement ses alimens. L'autre est une des con-

6

litions que l'observation journalière prouve être défavorables à la conservation des dents, et elle s'écarte des règles, peut-être de convention, il est vrai, sur lesquelles nous jugeons de la beauté des dents qui, à nos yeux, offrent quelque chose d'infiniment plus gracieux quand elles laissent entr'elles un léger écartement.

L'art du dentiste est loin de rester spectateur tranquille des inconvéniens qui peuvent résulter de ces deux défauts de régularité dans l'arrangement des dents; mais une prévention défavorable pour les moyens qu'il emploie à cet effet, éloigne encore beaucoup de personnes des bienfaits de leur application opportune. Ces moyens sont, dans le premier cas, la section de la dent exubérante en longueur; dans le second, l'isolement des dents trop serrées.

La lime est le principal des instrumens que nous employons pour rem-

plir ces deux indications. Au nom seul
de cet instrument, et à l'idée de son
application sur des dents saines, j'entends un grand nombre de personnes
me faire cette objection, qu'en limant
une dent, on la prive de son émail,
et on en décide la carie.

Sans doute, l'émail est nécessaire à
la conservation de la dent, puisqu'il
la protège contre l'atteinte des alimens, du froid, du chaud, et en général contre toutes les causes capables
d'exercer une action pernicieuse contre la substance même de l'os; mais
cette écorce extérieure, qu'on me per-
mette l'expression, pour être utile,
est loin pourtant d'être d'une nécessité aussi absolue qu'on se l'est généralement imaginé; et une dent qui en
est dépourvue peut très-bien néanmoins ne pas être atteinte par la carie.

L'état d'intégrité parfaite dans lequel restent, soit les dents qui se sont
rompues dans une chute, soit celles

sur lesquelles on a détruit avec la lime,
la rugine ou le burin, quelques parties affectées d'une carie provenant
de causes extérieures, prouve toute
la vérité de cette assertion. Si, pour
la sanctionner, il fallait quelque explication, il serait facile de prouver
que la chose doit être ainsi, puisque
là où il y a ablation d'émail, il se fait
une espèce de cicatrisation qui donne
à cette partie de la dent, un degré de
dureté de beaucoup supérieur à tout
le reste de la substance osseuse.

Ainsi donc, l'expérience se joint au
raisonnement, pour prouver que la
lime, entre les mains d'un dentiste
adroit et prudent, n'expose jamais
aux dangers qu'on lui suppose. Sans
doute, on peut l'employer dans des
circonstances où elle n'aura aucun résultat favorable, mais elle n'entraîne
jamais la perte des dents : et si un
semblable accident survenait à la suite
de son emploi, il faudrait en recher-

cher la cause ailleurs, et rester convaincu qu'il serait survenu sans qu'on
se fût servi d'elle. Toute opinion contraire à cette idée est une erreur, un
préjugé nuisible dans une foule de
circonstances, et que pour cela même,
on ne saurait trop combattre.

Si l'expérience et une explication
plausible, démontrent non-seulement
que l'action de la lime n'a pas sur les
dents, les dangers qu'on lui suppose,
mais qu'une dent légèrement limée sur
quelques points, n'est guère plus sujette
à la carie, que quand elle est entièrement recouverte de son émail, il n'en est
point ainsi de l'opinion généralement
accréditée, qui fait regarder les dents
trop serrées, comme se trouvant dans
une position infiniment plus défavorable à leur conservation, que celles
qui laissent entr'elles un léger écartement. Ici, du moins d'après les ouvrages écrits sur la science dentaire,
on ne peut alléguer, jusqu'à présent

que l'autorité de l'expérience ; car l'explication qu'on en a donnée dans ces derniers temps (1), en disant que la carie survenait par l'obstacle que le rapprochement des dents apportait au cours des fluides qui circulent dans l'émail, est tout aussi sujette à contestation que celle qui consiste à regarder la carie comme le résultat d'une *décomposition*, d'une *putréfaction* qui, des matières alimentaires et autres, retenues dans les interstices dentaires, se communique à la dent elle-même.

En effet, s'il est juste d'objecter à cette dernière explication, 1.° que tant qu'une partie est vivante, elle est inaccessible à la putréfaction ; 2.° que la putréfaction n'est autre chose que le changement d'état d'un corps dont les élémens constitutifs reprennent leur li-

(1) Delabarre , *Traité de la seconde Dentition*, page 157.

berté primitive, mais n'ont aucune
tendance à communiquer un état semblable aux parties environnantes, puisque ces élémens sont, pour la plupart,
nécessaires à l'entretien de la vie; on
peut prouver aussi que ce n'est pas
la gêne qu'éprouvent les fluides de
l'émail, qui détermine la carie des dents
très-serrées; et cette preuve, on la
trouve dans le moyen même qu'on
propose pour prévenir cet accident.
Ce moyen est la séparation des dents;
mais cette séparation n'a lieu que
par une perte de substance dans toute
la longueur du bord de la dent, qui
certainement oppose au libre cours
des fluides de l'émail, un obstacle
bien plus grand que la compression.

. Cette discussion aurait sans doute
trouvé plus naturellement sa place
dans un ouvrage consacré à la physiologie des dents, que dans un traité
de l'Hygiène de la Bouche; mais j'ai
jugé utile de l'aborder, pour prouver

que toutes les fois que les médecins qui se livrent plus spécialement à tel ou tel point de la pathologie, voudront expliquer les phénomènes auxquels sont soumis les organes dont la conservation les occupe particulièrement, autrement que par les lois communes, ils s'exposeront à d'éternelles erreurs, et rapprocheront les limites de leur art, au lieu de les éloigner.

N'est-il donc pas plus simple, pour expliquer la fréquence de la carie sur les dents trop serrées, de dire : plus les dents sont rapprochées, plus il est difficile de les nettoyer; or les matières étrangères, alimentaires ou autres, séjournent entr'elles, ramolissent à la longue l'émail, et déterminent sur la substance osseuse elle-même, une inflammation dont la carie qui est l'ulcération des os, est la terminaison ordinaire. Ce qui facilite encore cette inflammation, c'est que les personnes qui ont les dents trop serrées, sont

continuellement obligées de les tour-
menter pour en extraire les particules
alimentaires qui se logent dans leurs
interstices. Enfin, quand la carie af-
fecte des dents très-rapprochées, on
ne s'en aperçoit alors que tard, et
lorsqu'elle a déja fait de grands progrès; ce qui n'arrive pas chez les personnes dont les dents sont dans une
circonstance opposée. Terminons par
ces propositions générales.

1.° La séparation des dents n'est
pas un moyen infaillible d'empêcher
leur envahissement par la carie; mais
permettant de les nettoyer plus facilement, elle contribue à éloigner les
causes sous l'influence desquelles cet
accident se développe le plus communément.

2.° Les légères secousses que l'action
de la lime exerce sur les dents, n'ont
sur ces dernières aucun résultat défavorable.

3.° L'isolement des dents, considéré

6..

comme une opération de simple précaution, doit toujours être ajourné
jusqu'à seize, dix-huit ou vingt ans,
parce que ce n'est guère qu'à cet âge
que le cercle formé par l'une ou l'autre mâchoire, ayant atteint tout son
développement, on doit perdre l'espoir de voir les dents qui sont trop
serrées les unes contre les autres, se
ranger par les seules forces de la nature; d'ailleurs, ayant cet âge, l'émail
n'a point encore acquis une épaisseur
suffisante pour qu'on n'ait pas lieu de
craindre qu'on ne mette à nu la substance osseuse de la dent qui pourrait
se carier d'autant plus promptement
qu'elle jouit alors d'une extrême sensibilité.

§ III.

De la nécessité de confier à un Dentiste le soin d'enlever le tartre qui s'amasse sur les dents. Erreurs et préjugés sur l'action des instrumens d'acier dont il se sert à cet effet.

Si on se soumettait de bonne heure aux soins journaliers que réclame la propreté de la bouche, et qu'on s'en acquittât régulièrement, tant que les dents ne prendraient point part à quelque affection interne, ou n'éprouveraient aucun accident extérieur, on aurait droit d'espérer les conserver jusqu'à un âge avancé dans leur état de blancheur naturelle.

Mais pour une personne qui sent combien la bonté des dents intéresse la santé et ajoute de grâce à la physionomie, ou chez laquelle une éducation sagement dirigée a réduit en habitude, les soins sur lesquels repose la conservation d'organes aussi utiles, vingt autres les abandonnent communément au gré de la nature, sans faire la moindre attention aux nombreux inconvéniens qui suivent ou accompagnent leur perte : quelques-unes même se piquent de négliger leurs dents, et bravant les douleurs que cette négligence entraîne toujours, n'ont recours au dentiste que pour réclamer de son art des secours qu'il n'est plus en son pouvoir de leur donner, parce qu'elles les ont réclamés trop tard, et que, dans cette circonstance comme ailleurs, les meilleurs remèdes n'ont jamais le résultat avantageux qu'on eût obtenu par de simples précautions employées à temps.

Ce qu'une coupable insouciance a fait faire à ces personnes, d'autres le font par suite de l'erreur la plus grossière qui leur fait attribuer la durée et la blancheur des dents au peu de soin qu'on en prend ; préjugé fatal qui leur empêche de voir que si quelques individus doivent à la force de leur constitution et à la conformation de leurs dents, l'heureux privilége d'être exempts de tout soin, il en est une foule d'autres aussi qui ne parviennent à les conserver que par une attention au défaut de laquelle ils en eussent infailliblement été privés avant leur trentième année.

Le résultat le plus fréquent et le plus prompt que puisse produire sur les dents l'insouciance, ou une confiance calculée dans les forces conservatrices de la nature, est la formation du tartre, espèce de substance pierreuse qui se dépose sur les dents sous la forme de couches variables dans leur couleur et leur densité, non moins que dans leur épaisseur.

Quelle est la nature intime du tartre, ou mieux d'où provient-il? Il n'est assurément aucune personne étrangère à la médecine, qui en adressant

cette question à un dentiste, n'atten-
dît de lui une réponse positive. Malheureusement, quelque brillant que
paraisse, et que soit en effet l'état actuel
de la science, cette réponse pourrait
bien n'être encore qu'une pure hypo-
thèse.

Quelques physiologistes et quelques
dentistes modernes ont regardé le tartre, les uns comme étant fourni par
des glandes qui environnent les dents,
les autres comme étant le résultat
d'une exhalaison terreuse et maladive
de la membrane muqueuse qui tapisse
les gencives. Mais l'impossibilité où
ont été les premiers de démontrer rigoureusement les prétendues glandes
dentaires ; les seconds, de prouver
que le tartre ne s'amassait qu'autour
des dents des personnes dont les gencives étaient malades, nous forcent
encore à avoir recours aujourd'hui à
cette explication généralement admise,
que le tartre est un dépôt de la salive,

dont les sels terreux se trouvent pré-
cipités par un agent chimique, et dé-
posés à mesure sur les dents où ils
s'attachent par le moyen du mucus de
la bouche (1).

Quoi qu'il en soit de l'origine du
tartre, cette substance calcaire s'a-
masse principalement autour des dents
incisives et canines inférieures, et se
remarque bien plus fréquemment
chez les personnes déjà avancées en
âge, que chez les jeunes gens ; tantôt
il se présente sous la forme d'un limon
très-abondant, tantôt au contraire il
constitue un corps très-dur et d'un

---

(1) Il me semble que M. Delabarre s'appuie
à tort de l'opinion de Gariot, en lui faisant dire
que le tartre vient des gencives ; car Gariot dit
aussi positivement, dans son *Traité des Maladies
de la bouche*, page 257, « que le tartre recouvre
rarement les dents de devant de la mâchoire
supérieure, parce que la salive ne pouvant pas
séjourner dans cet endroit, y dépose peu de
substance tartareuse. »

gris noirâtre; d'autres fois, il s'amasse en croûtes épaisses jaunes. Je ne sais si mon observation m'a trompé, mais je crois avoir toujours remarqué que le premier affectait particulièrement les personnes d'un tempérament lymphatique, comme le sont la plupart des femmes, le second celles d'une constitution nerveuse, le troisième, celles d'un tempérament bilieux.

Ce que tous les dentistes ont observé, c'est que le tartre est toujours bien plus abondant chez les individus d'une constitution détériorée, et se trouve en rapport direct avec la quantité de la salive : aussi les hommes qui fument en ont-ils constamment les dents recouvertes ; on en a vu quelques-uns chez qui le tartre formait une couche épaisse qui recouvrait plus de la moitié de chaque dent, et les réunissait toutes en une seule masse.

S'il est difficile d'expliquer, d'une manière certaine, la formation du tar-

tre, on n'a du moins aucun doute sur le
mal qu'il fait aux dents autour desquelles il s'amasse, et à la partie des
gencives qui leur correspond.

Soustrayant la portion de la dent
qu'il recouvre à l'action de l'air, il en
ramollit l'émail, en favorise la dispa-
rition; et quand il se trouve ainsi en
contact avec la substance osseuse elle-
même, il l'irrite, l'enflamme et y
détermine une carie dont les ravages
sont alors d'autant plus rapides, que
la dénudation de l'os est plus grande.
S'insinuant entre le collet de la dent
et sa gencive, il détruit l'adhérence
qui les unit intimement, et force la
dent à devenir chancelante et à céder au plus léger effort. Joignons à
cela une odeur fétide et un aspect hi-
deux, et nous aurons le tableau exact
de la triste position dans laquelle se
placent toutes les personnes qui, pour
se soustraire à quelques précautions,
abandonnent leur bouche à la merci
de ce corps destructeur.

Garantir les dents de l'action pernicieuse du tartre en prévenant sa formation, c'est le résultat des précautions dont l'exposé nous a occupés
jusqu'ici; mais l'enlever quand il s'est
formé, constitue une série de soins
dont l'exécution, sans être très-difficile, doit néanmoins toujours être
abandonnée à la main exercée d'un
dentiste. Heureuses les personnes qui
en viennent de bonne heure à cette
détermination, car elles s'évitent par-
là bien des douleurs, et sauvent leurs
dents d'une perte certaine.

Cependant confier à un dentiste
le nettoyement de sa bouche, mais
surtout l'enlèvement du tartre,
est une chose dont la nécessité ne
semble pas suffisamment établie
aux yeux de beaucoup de personnes ; bien plus, il en est même qui
regardent comme très-dangereux les
instrumens dont nous nous servons
à cet effet, et cela pour deux raisons :

la première, parce que l'acier suivant eux, altère les dents en détruisant leur émail; la seconde, parce que l'action des instrumens appliqués sur elles, les ébranle et détermine leur chute.

Pour montrer combien ces deux allégations sont dénuées de fondement, et prouver que les personnes qui leur ajoutent quelque foi, sacrifient à la plus grossière erreur, et subissent le joug du plus ridicule préjugé, il ne faudrait qu'attester l'expérience, et invoquer le témoignage de ceux qui tous les jours, ont recours aux dentistes pour cet objet. Mais, pour ce qui a rapport à la première imputation, n'est-il donc pas évident que l'acier, conduit par une main adroite, n'enlève uniquement que le tartre, et n'intéresse jamais la dent sur laquelle il ne fait que glisser quand elle est débarrassée de la croûte calcaire qui l'enveloppe.

Quant à l'ébranlement que l'on redoute, le plus simple raisonnement en démontre l'impossibilité. En supposant même que quelques dentistes maladroits exerçassent, pour nettoyer les dents, des mouvemens capables de les ébranler, si les gencives et les alvéoles ne sont pas entièrement détruites, deux jours suffiront pour qu'elles reprennent toute leur solidité; ce qui le prouve, c'est que tous les jours, on luxe des dents pour rompre leurs nerfs, et on en extirpe même entièrement qu'on remet immédiatement en place : cependant les premières se consolident de suite, et reprennent toute leur consistance; les secondes acquièrent dans les alvéoles une telle solidité, que plusieurs médecins croient pouvoir soutenir qu'elles y reprennent vie.

Une autre erreur non moins préjudiciable, et que partage pourtant un très-grand nombre de personnes, c'est de croire que dès que l'on a une fois confié à un dentiste le nettoyement de sa bouche, on ne saurait dorénavant se passer de lui, parce qu'alors les dents se couvrent beaucoup plus vite de tartre qu'auparavant; mais il n'en est point ainsi, car, si après cette petite opération, on était exact à s'acquitter des soins que leur propreté réclame, on les conserverait très-longtemps exemptes de tartre, et on se soustrairait, par ce moyen, à l'emploi des instrumens d'acier que redoutent la plupart de ceux qui, par leur négligence, en rendent l'application indispensable.

Il n'est donc rien de plus contraire à la conservation des dents et à la propreté de la bouche, que les raisonnemens vicieux sur lesquels on établit l'éloignement qu'on apporte en général à se faire nettoyer les dents par un homme de l'art : le tartre seul est à redouter, et on craint d'ébranler les dents en le faisant enlever.

Ce sont-là les erreurs dont les char-

latans savent faire leur profit. Il n'est
pas de moyens qu'ils n'emploient pour
les répandre et leur donner du poids;
pas d'artifice auquel ils n'aient recours pour mettre quelques nouveaux
impôts sur la crédulité publique.

L'un prétend avoir découvert une
poudre dont les propriétés sont telles,
qu'elle rend inutile tout le ministère
des dentistes; l'autre prône un élixir
dont la vertu est d'emporter le tartre,
et même de prévenir pour toujours sa
formation, et de garantir les dents des
instrumens d'acier. Il en est même
qui portent l'audace jusqu'à soutenir
qu'ils ont inventé un opiat qui a la
propriété de faire renaître l'émail, de
régénérer les gencives, de raffermir les
dents chancelantes.

Ce qu'il y a de curieux surtout, c'est
qu'il n'est pas un de ces charlatans
qui ne prétende et ne soutienne effron-
tément que le remède dont il est l'in-
venteur est une composition inno-

cente, dans laquelle il n'entre que des substances végétales. Interrogeons toutes les personnes qui ont eu la faiblesse de se laisser entraîner par ces promesses captieuses, et toutes nous diront que le seul résultat qu'elles ont obtenu de l'emploi de ces substances *merveilleuses*, c'est d'avoir souffert pendant tout le temps qu'elles en ont fait usage, et d'avoir aggravé le mal contre lequel elles espéraient trouver un remède.

Mais, sans parler d'autre chose que du tartre, n'est-il pas ridicule de croire qu'une simple poudre, ou une composition végétale, pourra le détruire, quand on voit que cette incrustation pierreuse ne cède qu'avec force à l'action des instrumens d'acier, et résiste même au mordant des acides concentrés. Quant à la propriété qu'on pourrait attribuer à quelques-unes de ces compositions, de prévenir la formation du tartre, elle est aussi chimérique que

la première. Pour obtenir un semblable résultat, il ne faudrait employer que des substances simples,
mais avant tout, se soumettre aux
soins de propreté que j'ai prescrits
ailleurs.

Il me semble que de semblables ex-
plications sur le mode d'action des
instrumens d'acier, sont bien propres
à vaincre l'éloignement qu'on montre
quelquefois pour confier le nettoie-
ment de sa bouche à un dentiste, et
doivent prémunir les personnes même
les plus crédules contre l'abus que fait
journellement de leur confiance cette
foule de charlatans et d'empyriques,
dont Paris fourmille si abondamment.
Quelque vertu qu'aient une poudre
et une élixir quelconque, pour la propreté de la bouche, sans l'enlèvement
préalable de la couche de tartre qui
recouvre les dents de quelques personnes, ils n'auront aucun résultat
avantageux, et nuiront au contraire,

d'autant plus que leur emploi inspirera plus de sécurité et que le nom de leur auteur sera plus digne de confiance.

Cependant, quoique l'opération qui a pour objet d'enlever le tartre des dents ne présente rien de très-difficile, elle demande néanmoins beaucoup d'habitude pour être faite avec la promptitude et la légèreté convenables ; aussi n'est-il pas indifférent d'en confier indistinctement l'exécution à tout homme qui se dit Dentiste, car sans exposer à de grands dangers, elle peut devenir pénible et fatigante, si on oublie de la faire dans les conditions requises, et si on néglige de prendre à son égard toutes les précautions convenables.

Quelques personnes qui ont les dents et les gencives très-sensibles, éprouvent pendant les deux ou même les trois jours qui suivent cette petite opération une espèce d'agacement et même une douleur dans les dents.

7

Cet accident est loin de déposer contre l'opération en elle-même, seulement il indique la nécessité de quelques précautions. Ces précautions consistent pour ces personnes, de même que pour toutes celles qui ne feraient nettoyer leur bouche que longtemps après la formation du tartre, à soustraire autant que possible pendant deux ou trois jours leurs dents à l'action de l'air, à éviter les alimens durs, les boissons froides et surtout toutes les substances acides.

Peut-être même, quand il n'y a pas urgence, serait-il nécessaire de choisir pour faire nettoyer ses dents un moment où l'air semblât devoir conserver pendant quelque temps une température uniforme. Aussi l'été est-il la saison la plus favorable.

Quand les dents sont abondamment chargées de tartre, il est très-prudent de ne pas exiger que le dentiste les nettoie complètement dans une seule

séance, et cela principalement pendant
les froides saisons. Il est toujours plus
convenable d'y revenir à plusieurs reprises, en laissant quelques jours
d'intervalle. En effet, si on enlève
d'une seule fois la grande couche de
tartre que recouvrait les dents, ces
parties privées tout d'un coup de
cette espèce d'enveloppe à laquelle
elles s'étaient, pour ainsi dire, accou-
tumées, acquièrent une grande sensibilité, et il peut survenir une fluxion,
ou des maux de dents, surtout dans
les saisons froides et pendant les
temps humides.

Il est même des personnes pour
lesquelles l'enlèvement du tartre, fait
avec toute la dextérité possible, est
une opération douloureuse qui peut
quelquefois occasionner des accidens graves. Ces personnes doivent
se contenter de ne faire enlever que
la partie de tartre qui touche aux gencives, mais sans exiger qu'on gratte la

surface des dents pour chercher à leur
procurer une blancheur qui ne s'obtient souvent qu'au préjudice de leur
solidité. Au reste , ce sont là des précautions qui regardent tout-à-fait l'o-
pérateur, et dont l'oubli peut com-
promettre son honneur et sa réputation.

Les personnes que leur fortune met
à même de ne rien négliger de ce qui
peut prévenir quelque désagrément, feraient bien d'appeler chez elles-mêmes
le Dentiste ; elles éviteraient par là la
sensation parfois pénible que la première impression de l'air peut exercer
sur la bouche. Cette précaution s'a-
dresse particulièrement aux personnes
qui font un usage public de la parole,
et auxquelles il est peut-être encore
prudent de conseiller de faire nettoyer
leurs dents quelques jours avant l'é-
poque où elles devront parler en public. L'émail, tout-à-coup débarrassé
des substances étrangères qui le re-

couvraient , conserve assez souvent
pendant un et deux jours un état de
rugosité qui nuit à l'éclat de la parole
en diminuant la netteté de la réflexion
que les dents font éprouver aux vi-
brations aériennes qui constituent la
voix.

Enfin quelques soins qu'on apporte
à nettoyer les dents, il arrive quelquefois qu'elles conservent une teinte
jaunâtre qui leur est souvent naturelle. On conçoit combien il serait im-
prudent d'exiger du dentiste qu'il les
grattât trop fortement, dans l'intention de leur donner plus d'éclat et de
blancheur ; parce que non-seulement
dans bien des cas on ne réussirait pas
à procurer de tels avantages , mais on
ne chercherait toujours à les obtenir
qu'aux dépens de l'émail qu'il est toujours très-important de conserver.
L'émail offre plusieurs nuances dans
sa couleur, et on a généralement observé que les dents les plus blanches

ne sont pas les meilleures; elles sont
toujours plus sujettes à se rompre
ou à se carier que les autres. C'est
du moins l'avis de tous les Dentistes
qui ont écrit sur leur art en médecins
observateurs.

§ IV.

De la nécessité de consulter le Dentiste
aussitôt que les dents offrent quelque
altération, et du danger des extrac-
tions de dents faites inconsidérément.

Tous les soins qu'on peut prendre,
soit de favoriser l'éruption des dents,
soit de régulariser leur arrangement,
et toute l'importance qu'on peut attacher aux précautions journalières
que leur propreté réclame, ne sont
pas toujours des garans certains de leur
conservation dans l'état de santé parfaite. Une foule d'accidens peuvent
contrebalancer les bons effets de ces
soins, et même en annuler entière-

ment les résultats; car, bien que les
dents soient extrêmement compactes,
néanmoins, elles sont plus susceptibles de maladies que toutes les autres
parties à l'ordre desquelles elles appartiennent, c'est-à-dire , que les autres os.

La principale des raisons qui rendent les dents plus accessibles aux
maladies que les autres os, c'est
qu'elles sont les seules qui ne soient
pas recouvertes par les chairs; d'où il
résulte nécessairement qu'elles reçoivent une foule d'impressions diverses,
qui peuvent leur devenir d'autant plus
nuisibles, que la partie de l'émail qui
s'est formée pendant le cours d'une
maladie quelconque, ne doit certainement pas avoir tout le degré de solidité désirable.

Ensuite, par cela même que les dents
sont des corps très-durs, et qu'elles ne
jouissent que d'une faible vitalité, le
plus léger trouble dans la manière dont

elles se nourrissent ou dont elles vivent,
détermine dans leur tissu des altérations
profondes, et d'autant plus durables
que ce dernier jouit d'une plus grande
délicatesse. Aussi, conservent-elles
très-long-temps, et le plus ordinairement même pendant toute la vie, les
traces des grandes altérations qu'elles
ont éprouvées.

La couleur des dents est en général un indice qui peut servir à mesurer
l'espoir qu'on doit avoir de les conserver longtemps. Quelque différence que
l'âge, le sexe, le tempérament et un
grand nombre de circonstances particulières puissent apporter à cette couleur,
on peut néanmoins regarder comme une
chose attestée par l'expérience, comme
un fait que l'observation journalière
confirme, que les meilleures sont celles
qui sont d'un blanc opaque ou laiteux,
tirant néanmoins un peu sur le jaune.
On les remarque chez tous les individus dont toutes les fonctions se rem-

plissent avec facilité, dont le sang contient dans d'égales proportions ou de
justes rapports les parties qui entrent
dans sa composition ; dont , en un
mot, la constitution est bonne ; viennent ensuite celles qui sont d'un
blanc jaune, qu'on trouve ordinairement chez les personnes qui ont habituellement le sang très - rouge , ce
qu'on reconnait à la couleur foncée des
lèvres et à la rougeur des gencives.
Ces dents sont quelquefois très-dures
et très-bonnes , mais elles sont susceptibles de se couvrir d'un tartre épais
et sec , qui conspire évidemment contre elles.

Enfin , le blanc bleu ou azuré, semble être la couleur la plus défavorable;
les dents qui en sont pourvues, sont
très-impressionables, tandis que celles
qui sont d'un blanc opaque ou laiteux,
et qui en prenant de l'âge passent au
blanc jaune, le sont très-peu. Ces
dernières , quand aucune lésion exté-

rieure n'est venue altérer leur tissu,
existent encore long-temps, même
après la destruction par vieillesse,
des personnes qui les portent; ce
sont celles qu'ont eues la plupart des
individus qui ont offert des exemples
d'une extrême longévité.

Après la couleur des dents, leur
forme et surtout leur volume peuvent
aider à prévoir jusqu'à quel point elles
sont susceptibles de s'altérer. Plus
elles sont volumineuses, plus la portion de substance osseuse l'emporte
sur la quantité d'émail qui la recouvre,
et plus cette dernière est mince, plus
aussi la dent a de facilité à s'altérer.
Ce qui ne laisse aucun doute à cet
égard, c'est que les altérations des
dents sont beaucoup plus fréquentes
dans les petits enfoncemens qui se re-
marquent à la surface des molaires,
qu'au bord tranchant des incisives, et
sur les côtés par lesquels elles se touchent, que sur leur surface.

Les personnes dont les dents, quoique bonnes et d'un bel éclat, présentent différentes nuances entremêlées
d'un blanc plus mat, ont eu pendant
la formation de l'émail, des alterna-
tives de bonne et de mauvaise santé.
Ces dents trompent ordinairement par
leur fausse apparence de solidité ; elles
se conservent saines jusqu'à quinze ou
dix-huit ans ; mais à cette époque,
elles s'altèrent et se perdent successivement, si la constitution muqueuse
c'est-à-dire molle ou lymphatique de
l'individu, ne céde pas à la secousse
que la puberté imprime ordinairement à toute l'économie.

Quoi qu'il en soit des conditions
sous l'influence desquelles les dents
ont acquis une disposition à se détériorer, elles s'altèrent de deux manières différentes ; ou bien, elles reçoivent
l'effort d'une cause destructive qui
agit directement sur elles, telle que
les coups, les chutes, et en général

tout ce que nous avons désigné comme leur étant nuisible ; ou bien elles prennent part à un état vicieux de la constitution générale ; mais surtout aux altérations des organes avec lesquels elles ont , soit une analogie de texture, comme tout le système osseux , soit des rapports de fonctions, comme les différentes parties qui concourent à l'acte de la digestion.

La terminaison la plus ordinaire des maladies des dents est une érosion de leur substance, qu'on nomme carie. La dent, après avoir occasionné des douleurs plus ou moins fortes, souvent même sans douleur, offre d'abord sur un point quelconque de sa substance une tache brune qui répond à une perte de l'émail ; bientôt la place occupée par cette tache offre une légère excavation noirâtre qui cherche ainsi à s'étendre de proche en proche, et à envahir la totalité de la dent. D'autres fois au contraire la dent s'al-

tère à l'intérieur, et la carie ne se montre au dehors qu'après avoir insensiblement détruit la substance osseuse
et occasionné la rupture de la portion
d'émail qui recouvre le point altéré.

La distinction à établir entre la carie ou toute autre maladie des dents,
dépendant d'une cause générale ou
intérieure, et celle qui résulte d'une
cause particulière ou extérieure, est
donc de la plus haute importance.
Consulté aussitôt que quelque douleur ou que la plus légère trace d'altération se manifeste, le Dentiste pourra porter à cet égard un jugement
certain. Si l'altération n'est que le résultat d'une cause fortuite, il la bor-
nera par quelques moyens aussi simples que peu douloureux. Si, au contraire, elle tient à une cause générale,
il indiquera le régime propre à s'opposer à ses suites ultérieures ; et si le
mal résiste, il saura du moins le borner à la dent malade, en préservant

les voisines de l'envahissement de l'agent destructeur.

Que de ressources n'a-t-il pas en effet, pour arriver à de semblables résultats, en supposant même qu'on eût dédaigné ses conseils, dans les circonstances si nombreuses où de vagues douleurs annonçaient qu'une inflammation de quelque partie voisine tendait à s'emparer de la dent. Tantôt il enlèvera avec la rugine, le burin où la lime, un point noirâtre qui forme le centre d'une carie dont la dent la plus saine peut tout-à-coup se trouver atteinte; tantôt, armé d'un stilet échauffé à un degré convenable, il ira détruire le filet nerveux dont l'irritation détermine ces douleurs atroces auxquelles aucunes autres ne sauraient être comparées.

D'autres fois enfin, introduisant dans l'excavation d'une dent cariée, quelques parcelles de métal, il soustraira la pulpe dentaire ou le ganglion

nerveux à l'action de l'air et des alimens, et bornant ainsi les progrès du
mal, il fera cesser toute douleur et
rendra la dent à ses usages ordinaires.

A ce sujet, il est important que je
dise ici que la manière de plomber les
dents est entièrement différente aujourd'hui de ce qu'elle était il y a quelques années; alors on employait à cet
effet du plomb et de l'or en feuille,
qu'on introduisait dans l'ouverture de
la dent, au moyen d'un stilet. Aujourd'hui on se sert d'un métal dur,
mais que l'approche d'un fer échauffé
à une faible température met promptement en fusion, et qui se répand de
suite, sans occasionner la moindre
douleur dans tous les détours de la
cavité. Cette nouvelle méthode a sur
la première l'immense avantage, 1.° de
boucher plus exactement l'ouverture
de la dent cariée; 2.° de présenter à l'extérieur une surface dure et polie; 3.° de
ne donner aucune odeur à la bouche;

4.° enfin de s'exécuter avec une extrême promptitude et de ne pas occasionner la moindre douleur.

Par ces moyens et une foule d'autres, on évitera la douleur des opérations qu'exige l'extraction des dents,
et ce qui est plus important encore,
on évitera la perte de celles qui avoisinent la dent malade. Arrêtons-nous
à cette idée, et en examinant un instant, soit les rapports mutuels qui
existent entre les dents et la structure
des cavités osseuses qui les reçoivent,
soit le soutien réciproque que les dents
se fournissent entr'elles, nous reste-
rons bientôt persuadés que la grande
solidité des dents dépend essentiellement de la conservation de leur en-
semble.

En effet, en enlevant une dent, on
est très-souvent exposé à briser plus
ou moins la cloison osseuse qui forme
la cavité destinée à la recevoir. Éta-
blissant nécessairement par ce moyen

un point de faiblesse dans l'arcade maxillaire, il arrive, par l'effet du choc des mâchoires dans l'acte de la mastication, que toutes les dents se pressant plus ou moins vers ce point de faiblesse, sont exposées à perdre cette solidité précieuse dont elles jouissent dans leur état naturel.

Un tel inconvénient est bien propre à faire regarder l'enlèvement d'une dent comme un moyen dont les suites peuvent devenir assez graves pour que l'homme sensé ne doive se décider à s'y soumettre, que quand il a vainement essayé plusieurs moyens, et et que quand il est sûr de n'acheter sa conservation qu'au prix d'interminables souffrances ou d'une gêne dans le travail de la mastication.

Sans doute on rencontre journellement des personnes qui ont des dents assez solides, quoiqu'il leur en manque une ou même plusieurs ; mais cela ne détruit en rien le principe en vertu duquel on peut prouver que les dents sont destinées à se soutenir mutuellement, et il est bien certain que si on multiplie ces extractions sur la même bouche, elle perdra bientôt toutes celles qui lui restent.

Quand on voit avec quelle facilité une foule de personnes, pour quelques douleurs passagères, se font extraire une dent, et avec quelle froide insouciance certains Dentistes acceptent la proposition, on cesse d'être surpris de voir un si petit nombre d'individus parvenir à un âge un peu avancé sans que leur bouche soit dépourvue de plus de la moitié de ses dents.

Quel sentiment pénible n'éprouve-t-on pas en voyant que, dans un siècle où chacun se flatte des pas immenses que nous avons faits vers le bien, l'autorité permet encore à une foule d'hommes aussi maladroits qu'ignorans, sans titre et sans aveu, de venir in-

sulter sur les places publiques à la
douleur du peuple, et de se faire un
jeu des ravages que l'aveuglement et
la crédulité leur permettent d'exercer sur des bouches, dont quelques
opérations simples et peu douloureuses eussent conservé les précieux
ornemens ?

Examinez les trophées sanglans dont
ces charlatans ont l'impudeur de se
décorer, et vous reconnaîtrez que
parmi le millier de dents qu'ils se flat-
tent d'avoir arrachées, ils tirent bien
plus vanité de celles dont l'extraction
a été difficile, que de celles dont la
conservation eût été impossible sans
cette douloureuse opération.

§. V.

*De la nécessité de remplacer les dents
extraites par des dents artificielles,
et des précautions auxquelles ces dernières assujettissent.*

Un Dentiste expérimenté et adroit

peut trouver une foule de ressources pour conserver long-temps des dents déjà attaquées par la carie, et les rendre encore propres à remplir leur principale fonction, qui est la trituration des alimens. Cette vérité est incontestable, et je crois l'avoir suffisamment démontrée dans le dernier paragraphe, en même temps que j'ai prouvé combien était blâmable la précipitation avec laquelle certains Dentistes sacrifient des dents pour le plus léger motif; mais il faut avouer que notre art a des bornes aussi à cet égard, et que dans un grand nombre de circonstances l'extraction d'une dent est le seul moyen de calmer les douleurs quelquefois si affreuses qu'elle peut occasionner.

La douleur, fût-elle même nulle, la carie est souvent par elle-même un motif suffisant qui exige le sacrifice d'une dent. La carie, en effet, augmente continuellement la sécré-

tion des fluides qui humectent la
bouche ; cette salive, mêlée à la matière putrescible qui s'échappe des cavités des dents cariées, acquiert des
propriétés irritantes qui ne peuvent
manquer d'exercer sur l'estomac une
action éminément pernicieuse : l'altération de ce liquide et le défaut d'une
mastication convenable donnent lieu
à de mauvaises digestions, et prédis-
posent nécessairement à toutes les
maladies qui se rattachent au trouble
des fonctions si importantes de cet
organe régénérateur.

L'homme d'ailleurs se voit insensiblement dépérir, et les dents sont
presque toujours les premières parties de lui-même dont il a à déplorer
la perte : la nature, si prévoyante
pour la conservation des êtres qu'elle
a formés, ne semble-t-elle pas dans
cette circonstance en contradiction
avec elle-même, en nous privant
d'organes dont la nécessité croît en

raison directe de l'affaiblissement des voies digestives. Mais telle est la marche qu'elle suit pour accomplir ses éternels décrets, que, si elle a voulu que l'apparition des dents fût le prélude de l'accroissement de l'homme, elle a voulu aussi que leur chute fût le signal de sa fin prochaine.

Quelle que soit la cause qui a déterminé la chute d'une dent, sa perte est toujours accompagnée de grands inconvéniens ; la digestion souffre, la prononciation est inexacte, et la physionomie perd de sa grace et de sa régularité. Mais si notre art est forcé dans une foule de circonstances d'exercer sur les bouches quelques mutilations, il peut du moins s'énorgueillir d'effacer jusqu'à l'ombre même des inconvéniens qu'elles entraînent après elles ; car il est juste de reconnaître qu'il est le seul qui possède l'avantage si précieux de remplacer une partie de nous-mêmes par une autre partie parfaitément semblable à celle que les maladies ou un long usage ont altérée ou détruite. Ne pouvons-nous même pas dire à cet égard , que nous avons en quelque sorte égalé la nature, puisque très-souvent nos dents se carient et déterminent les plus vives souffrances, tandis que les dents artificielles , exemptes de maladies et de douleurs , sont ordinairement plus belles et remplissent les mêmes fonctions.

Cette partie si importante de notre art a dû fixer de bonne heure l'attention des hommes ; car, quel que soit le peuple dont nous consultons l'histoire ancienne ou moderne , nous sommes presque sûrs d'y rencontrer des preuves évidentes des tentatives qu'il a faites pour réparer les premiers outrages que le temps fait à notre corps. Les auteurs qui ont décrit les mœurs de la Grèce antique (1),

(1) Voyage du jeune Anacharsis en Grèce.

ne nous apprennent-ils pas que dans
le siècle brillant d'Anaxagore et de
Périclès, les jeunes filles rempla-
çaient les dents qu'elles avaient per-
dues; et aux traits acérés qu'Horace,
Perse, Juvénal et plusieurs autres
poètes satyriques latins ont lancés
contre les dames romaines qui em-
ployaient du fard et des dents artificielles, nous pouvons juger du fréquent usage qu'elles devaient en faire.

Il est bien probable que long-temps
même avant cette époque reculée,
ces objets destinés à remplir un double
but d'agrément et d'utilité étaient
connus dans d'autres empires, et aujourd'hui il n'est pas une nation, si
peu avancée dans les beaux-arts qu'elle
puisse être, qui ne possède des hommes fabriquant des dents artificielles
propres à remplacer exactement les
naturelles.

Lorsque les dents artificielles sont
parfaitement bien exécutées et assujet-

ties d'une manière convenable, et qu'on a vaincu cette première gène qu'occasionne quelquefois leur présence, non-seulement elles imitent les dents naturelles au point de tromper l'œil le plus pénétrant et le plus exercé, mais elles rendent absolument les mêmes services que ces dernières. Comme elles, elles servent à broyer les alimens, à retenir la salive, et à procurer à la voix une articulation distincte et facile.

Toutes les personnes qui ont eu le malheur de perdre de bonne heure leurs dents, et surtout celles de devant, sentent l'avantage de la ressource précieuse que notre art présente à cet égard. Avoir recours à nous dans de telles circonstances, est même d'une nécessité indispensable pour tous les hommes que leur état oblige de paraître et de parler en public, et surtout pour les femmes, qui ont constamment raison de se montrer jalouses de conserver le plus long-temps possible les attributs de la beauté, et chez qui l'absence de quelques-unes des dents de devant occasionne une difformité aussi incommode qu'apparente.

Cette précaution pour les femmes, est loin d'être un objet de pure coquetterie ; car indépendamment des avantages physiques qu'elles doivent infailliblement en retirer, il n'est pas une position de la vie, dans laquelle elles n'auront occasion de s'applaudir de s'être soumises à ces moyens si simples de conserver à la voix cet accent harmonieux qui est un charme durable, et de détruire l'impression pénible que laisse l'aspect de la vieillesse et de précoces infirmités.

Ah! Mesdames; si je n'étais arrêté par la crainte d'être soupçonné de plaider autant les intérêts de mon art, que la cause de la vérité, qu'il me serait facile de prouver qu'il n'est pas un

homme, qui n'aime à retrouver dans
une épouse tendrement chérie, quelque chose qui, au défaut de la réalité,
lui rappelle les trésors d'une bouche
qu'il a tant aimée. Si on savait par
quels ressorts secrets les affections des
hommes se déterminent, on ne dou-
terait pas que la simple apparence de
quelques charmes, pût exercer une
profonde influence sur leurs idées, en
dépit d'eux-mêmes et de la raison. En
vain le plus sensé voudrait se soustraire à la puissance de quelques attraits, fussent-ils même factices, l'idée
seule de la beauté le subjugue, tandis
qu'une idée contraire l'entraîne et
l'éloigne malgré lui.

On se sert de plusieurs substances
pour la fabrication des dents artificielles ; tantôt on emploie des dents
humaines, d'autres fois des dents ou
défenses de plusieurs grands animaux
tant terrestres qu'amphibies ; telles
que les dents d'hippopotame ou che-

val marin, celles de l'éléphant qui forment l'ivoire, celles de marse ou vache marine, et de phoque ou veau marin. On s'est encore servi quelquefois des dents de bœuf; enfin, on a composé une pâte minérale dont l'emploi a résisté aux attaques qu'on a mal à propos dirigées contre elle. Aujourd'hui on accorde généralement la préférence aux dents humaines, à celles de cheval marin et à la pâte minérale.

Les personnes qui sont dans la nécessité d'avoir recours à des dents artificielles doivent entièrement abandonner au Dentiste qu'elles auront honoré de leur confiance, le soin de déterminer lui-même la substance avec la quelle elles doivent de préférence être fabriquées. Car telle qui convient dans un cas, pourrait ne pas convenir dans un autre.

En général, quand il est nécessaire de construire un dentier complet ou une portion de dentier, on se sert de la dent d'hippopotame, qui est plus blanche, plus compacte, jaunit moins vîte, et résiste beaucoup plus longtemps à l'action de la salive, que celles des autres animaux ; mais comme sa couleur de même que celle de l'ivoire, est souvent nuancée de stries ou taches d'un blanc plus opaque que celui des parties qui les environnent, on lui préfère dans un très-grand nombre de circonstances la pâte minérale. Cette substance, non seulement est très-dure, et n'a pas l'inconvénient de se corrompre, puisqu'elle n'est autre chose qu'une espèce de porcelaine ; mais on peut avant la cuisson, la modeler exactement sur la forme des gencives sur lesquelles elle doit être fixée, et donner aux pièces qu'elle compose, tant pour les dents que pour les gencives, la couleur qui doit les rendre en tout semblables aux parties naturelles à côté desquelles elles doivent être ajustées.

Dans le cas, au contraire, où il ne s'agit que de remplacer une dent de devant, incisive ou canine, les dents humaines conviennent parfaitement. Mais je renoncerais pour toujours à me déclarer le partisan des dents humaines, si j'avais quelque soupçon qu'on pût penser que je ne désavoue pas hautement cette coutume barbare, qui consiste à extraire au prix de quelque argent, une dent à un malheureux, pour la replanter immédiatement dans une autre bouche. Je m'étonne que chez une nation aussi civilisée que la nôtre, la loi ne proscrive pas ce trafic odieux, dont les femmes du bon ton, dans le siècle dernier, se faisaient un jeu d'offrir le ridicule et atroce spectacle. Aujourd'hui, un acte semblable serait à peine supporté de la part d'une courtisanne; et les femmes de la haute société, ont toutes le cœur assez droit, pour éprouver un sentiment pénible à la vue d'un malheureux, qui achète un peu d'or en se laissant mutiler.

Si c'est au Dentiste à fixer lui-même la substance dont les dents artificielles et les dentiers doivent être de préférence fabriqués, c'est aux personnes qui doivent en faire usage, à se soumettre avec patience, aux essais qu'il est obligé de répéter plusieurs fois, pour en assurer la confection et l'ajustement. C'est souvent à cause du peu de docilité qu'elles ont apporté à permettre de prendre d'exactes mesures, que quelques personnes renoncent à faire usage de ces pièces artificielles.

Enfin, pour retirer de ces différentes pièces, tout l'avantage qu'on peut en attendre, dans l'articulation des sons et le broiement des alimens, il ne suffit pas qu'elles soient bien faites et parfaitement ajustées ; mais il faut encore que ceux qui les portent se soient habitués à leur présence. Le temps, un peu de patience et une

adresse particulière peuvent seuls
vaincre les difficultés qu'on éprouve
d'abord à les employer. Si quelques
.jours suffisent pour qu'on puisse parfaitement manger avec une ou plusieurs dents artificielles, il serait in-
juste d'espérer qu'un temps aussi
court suffira pour des dentiers com-
plets ; car ce n'est guères qu'au bout de
trois mois, et même quelquefois plus
longtemps encore, qu'on parvient à
les retenir parfaitement dans la bouche, et à remplir tous les besoins auxquels on les destine.

Il est encore, pour pouvoir porter
sans inconvénient des pièces artificielles, une condition indispensable,
c'est que les différentes parties de la
bouche soient dans un état de santé
parfaite, surtout que les gencives soient
dures et vermeilles, nullement saignantes ou douloureuses ; sans cette
condition les pièces ne tardent pas à
occasionner des fluxions, et leur pré-

sence devient tellement incommode qu'on ne peut la supporter.

C'est principalement pour les dents à pivots, qui doivent rester à demeure sur les racines encore solides sur lesquelles on les fixe ordinairement, qu'il est essentiel d'être assuré de l'état de la bouche, car la présence de ces corps étrangers, quelque adroitement placés qu'ils soient, entretient dans ce cas une douleur qui souvent exige leur prompt enlèvement. Si pourtant la douleur n'était que très-faible, mais qu'il survînt une fluxion qui se terminât par un petit dépôt à la gencive qui avoisine la dent artificielle, il ne faudrait pas craindre que cet accident passager mît dans l'impossibilité de supporter la présence de cette dent; car une fois que par des gargarismes émolliens, et autres moyens appropriés à la circonstance, la fluxion aura cessé, la racine qui porte le pivot reprendra insensiblement sa solidité, les

8..

petits abcès qui, quelquefois, sont de-
venus fistuleux se tariront, et la dent
rendra les mêmes services que celle
qu'elle a remplacée.

Si c'est au Dentiste à reconnaître
l'état de la bouche sur laquelle il est
appelé à ajuster quelques pièces artificielles, c'est à la personne qui réclame ses soins à lui fournir, par l'exposé des accidens sous l'influence desquels elle a perdu les dents qu'elle
veut faire remplacer, un indice certain qui réglera la détermination qu'il
pourra prendre à cet égard. Par ce
moyen le premier s'évitera le désagrément de faire une opération inutile,
et dont l'insuccès ne peut que com-
promettre son art ; la seconde éludera
l'inconvénient d'avoir aggravé, par
l'irritation que ces pièces déterminent
toujours au moment de leur application, une disposition maladive que des
soins, quelquefois bien légers, ou un
simple retard, auraient pu faire disparaître.

Enfin les personnes qui portent des dents et toute autre pièce artificielle, doivent bien se persuader qu'elles ne sont point exemptes des soins de propreté auxquels doivent s'assujettir tous ceux qui tiennent à la fraîcheur de leur bouche, et surtout ceux qui n'ont pas une très-bonne denture.

Ces différentes pièces, quelle que soit la matière qui les compose, réclament une très-grande propreté; au défaut de cette propreté, elles perdent en très-peu de temps leur éclat, se ternissent, et même elles ne tardent pas à se couvrir de tartre, à se corroder ou se détériorer complètement, à ne plus imiter les dents qu'elles doivent remplacer ou celles qui les avoisinent, et à entretenir dans la bouche une très-mauvaise odeur; aussi est-il indispensable de les enlever souvent pour les nettoyer et les faire réparer, et même entièrement renouveler au bout d'un certain temps.

Cette précaution regarde plus spécialement les personnes dont les digestions sont habituellement difficiles
et accompagnées d'échappement de
gaz par la bouche, et dont la salive
est dans les conditions requises pour
fournir une grande quantité de tartre.
Quelque avantageuses que soient les
dents artificielles faites en pâte minérale, elles ne dispensent jamais de ces
soins de propreté.

CHAPITRE V.

DES SUBSTANCES EMPLOYÉES POUR CALMER LES DOULEURS DE DENTS, ET POUR LES ENTRETENIR CONSTAMMENT PROPRES ET DANS LEUR ÉTAT DE BLANCHEUR NATURELLE.

§ Ier.

Des moyens de faire cesser les douleurs des dents, et du charlatanisme que tant de gens emploient à cet égard.

LES différentes maladies des dents, et le traitement qui convient à chacune d'elles, appartiennent à la pathologie et non à l'hygiène, et, sous ce rapport, j'aurais dû m'abstenir de parler des douleurs que ces maladies occasionnent ; mais comme il n'est point indifférent de savoir distinguer celles de ces douleurs qui ne sont que passagères et peuvent céder à quelques

moyens simples, de celles qui résultent de quelque altération profonde,
et qui exigent des opérations, souvent
même l'extraction, j'ai pensé qu'il était
convenable que je donnasse aux personnes étrangères à l'art quelques
moyens de calmer ces douleurs, et de
soustraire par là leur bouche soit à
l'action pernicieuse de cette foule de
remèdes qu'emploient les charlatans,
et que prônent les gens crédules, soit
à des mutilations qu'elles auraient pu
éloigner encore pour long-temps.

Parmi les douleurs auxquelles les
maladies assujettissent l'homme, il en
est peu de plus insupportables que
celles qui résultent de certaines maladies des dents; or il n'est pas éton-
nant que le traitement de ces douleurs soit devenu l'objet des spécula-
tions d'une foule de charlatans. Le
premier instinct de l'homme qui souffre n'est-il pas en effet de veiller à sa
conservation, et de se soustraire à la

douleur; presque toutes nos fonctions
concourent à ce but, et si quelqu'une
vient à être dérangée, un penchant irrésistible nous porte à chercher avec
empressement des secours partout où
nous pouvons en trouver.

Dans les angoisses de la douleur, où
l'imagination acquiert d'autant plus
de force que la raison s'affaiblit davantage, nous acceptons les secours
du premier qui se présente, et qui
nous fait l'éloge de ses remèdes et la
récapitulation de leurs prétendus succès. Ces hommes, dont la plupart
n'ont d'autre mérite que l'astuce et
le babil, n'ignorent pas que nous
croyons facilement tout ce que nous
souhaitons avec avidité, ils s'emparent
de l'imagination du malade, et lui font
payer cher des secours presque toujours funestes.

L'imagination et le désir de guérir
sont donc les propagateurs naturels
du charlatanisme, qui est ensuite ac-

cueilli avec avidité par l'immense foule
des sots, bien plus nombreux en effet
que les gens d'un jugement solide.
S'il s'adresse plus particulièrement
aux maladies des dents qu'à toute autre, c'est que les douleurs que ces maladies occasionnent sont d'autant plus
insupportables, qu'elles ne troublent
presque jamais le jeu des autres fonctions, et qu'elles détournent par conséquent de l'idée d'une maladie.

En vain l'expérience a-t-elle fait
justice plus de mille fois de la plupart
des remèdes, prétendus souverains,
contre les maux de dents, l'aveugle
vulgaire s'obstine toujours à les rechercher avec empressement, et à les recevoir avec admiration. Heureusement leur vogue est aussi éphémère
qu'elle est grande; mais telle est la
force de la crainte de la douleur, qu'on
s'abuse à cet égard, et qu'une foule de
gens ont recours à leur usage. Ces remèdes, qui ont paru avec tant d'éclat

à différentes époques, ont tous fini par être démasqués, et l'illusion dissipée n'a laissé voir que les traces de leur dangereuse action.

Que le vulgaire accueille avec avidité tout ce qui tient du merveilleux, et que dans son jugement aveugle il donne la palme du mérite à l'impéritie effrontée qui a l'art de le séduire, la chose est croyable; mais que des personnes qui ont reçu de l'éducation soient la dupe de ces charlatans effrontés qui, sous le titre frustré de Dentistes, usent de mille supercheries et souvent de l'artifice le plus grossier; c'est ce qu'on a quelque peine à concevoir. Cependant cette espèce de jonglerie ne laisse pas encore que de prospérer dans le siècle éclairé où nous sommes, et de trouver des partisans dans toutes les classes de la société.

Pour faire voir jusqu'à quel point sont ridicules les assertions qu'on émet

tous les jours sur les vertus de telle
composition que vendent les charlatans, que donnent certaines personnes
officieuses, et que prônent les gens
crédules, je me contenterai d'une seule
remarque, c'est que ces remèdes conviennent, non-seulement dans tous
les cas, mais encore dans toutes les
espèces de maladies des dents. En voilà
assez, je pense, pour montrer à quoi
se réduit leur efficacité. Pourquoi les
raisonnemens les plus sensés ne sau-
raient-ils donc désabuser, non leurs
possesseurs, que l'intérêt ou l'amour-
propre aveugle, mais ceux qui en font
usage ?

S'il faut gémir de ce que des gens
sans aveu font journellement des
dupes et des victimes, combien n'est-
il pas déplorable de voir des hommes
titrés, opprobres de notre art, mus
par la vile soif de l'argent, marcher
sur les traces de tels imposteurs, ou
d'hommes de bonne foi, mais ignorans

et superstitieux, et chercher à s'établir une réputation par mille manèges
plus bas les uns que les autres. Si je
voulais dévoiler la composition et le
mode d'action d'une foule de substances que vendent encore aujour-
d'hui, comme des spécifiques infaillibles contre tous les maux de dents,
des Dentistes qui jouissent de quelque
crédit, je ne serais embarrassé que
dans le choix de mes exemples.

C'est cette conduite ridicule et
ces promesses fallacieuses qui ont
aiguisé contre nous les traits de la
satire, qui ne sont malheureusement
que trop justes dans une foule de
circonstances, mais qui nuisent à un
grand nombre de personnes, qu'une
prévention défavorable pour notre
art empêche de réclamer de nous des
conseils qui, demandés à propos, les
mettraient à même de conserver long-
temps des dents légèrement altérées,
et de se soustraire à tant de doulou-

reuses opérations auxquelles l'impré-
voyance et l'amour du merveilleux
ne réduisent que trop souvent notre
ministère.

Les remèdes propres à calmer les
douleurs des dents doivent donc différer autant que les maladies desquelles dépendent ces douleurs peuvent différer elles-mêmes. Quels qu'ils
soient, leur mode d'action se réduit,
1.º à calmer l'inflammation dont la
pulpe dentaire est momentanément
le siège, ou qui des gencives ou de
toute autre partie de la bouche, se
porte sur la dent; 2.º à exciter une
autre partie éloignée de la dent malade, et à absorber ainsi la douleur
de cette dernière; 3.º à assoupir ou
même éteindre la sensibilité de la
dent; 4.º enfin à soustraire la partie
malade de la dent à l'action de l'air,
des alimens et de toutes les substances
irritantes avec lesquelles elle peut se
trouver en contact.

On reconnaît qu'une douleur de dent est produite par une inflammation passagère, quand elle s'est développée tout-à-coup sous l'influence d'un changement brusque de température, à la suite de l'usage de quelque liqueur forte. La dent douloureuse est intacte ou peu altérée, la gencive voisine est rouge et gonflée, et la douleur, souvent accompagnée d'un gonflement des parties voisines, même d'une fluxion de la joue, semble envahir tout le côté de la mâchoire occupé par la dent qui en est atteinte. Tous les moyens qu'on emploie ordinairement contre les inflammations des autres parties, sont ceux auxquels on doit avoir recours.

Ainsi cette douleur cède ordinairement aux gargarismes émolliens, faits avec une infusion de fleurs de mauves sucrée et prise chaude, à des fumigations émollientes dirigées sur la dent malade. Si la gencive est ex-

trêmement tuméfiée, on est quelquefois obligé d'appliquer une ou deux
sangsues sur cette partie. Ce moyen
qu'on repousse ordinairement est
simple, car il suffit d'enfermer la
sangsue dans un tube de verre, et de
présenter son extrémité buccale à la
gencive, qu'elle ne tarde pas à dégor-
ger du sang superflu. Une figue grasse
et bien cuite, placée entre la dent malade et sa correspondante, a suffi
quelquefois pour calmer une inflammation légère.

Les douleurs de dents occasionnées
par l'action d'un agent irritant passager, peuvent être appaisées, avons-
nous dit, par tous les moyens capables
de produire une diversion un peu considérable. Une affection morale vive,
une forte impression, réussissent quelquefois pour cela chez les personnes
très-nerveuses. C'est pour cette seule
raison que par fois la douleur de dent
cesse tout-à-coup à la porte du den-

tiste. C'est ainsi qu'on doit expliquer l'effet brusque et inattendu de diverses amulettes qui ne devraient avoir aucune espèce d'action, sans la confiance qu'on a en elles, et surtout sans les démonstrations imposantes et l'appareil mystérieux qui accompagnent leur emploi.

En vertu du même principe, on peut calmer ces douleurs par des teintures alcoholiques, des huiles essentielles appliquées sur les parties voisines de la dent malade, et par les emplâtres de cantharides ou les cataplasmes de moutarde posés sur les tempes ou au-dessous des oreilles. Souvent même un purgatif un peu violent produit le même effet et avec la même promptitude.

Si la douleur est purement nerveuse, on peut la calmer au moyen d'un léger narcotique, comme un grain d'extrait d'opium, ou quelques gouttes d'huile de gérofle ou de canelle appliqués sur

un morceau de coton qu'on applique
sur la dent malade ou qu'on introduit
dans le trou formé par la carie, quand
il en existe un. Une pâte formée par
une décoction concentrée de racine de
pyrèthre, de gingembre, de clou de gé-
fle et de canelle, réduite à la consistance nécessaire, remplit quelquefois très-
promptement la même indication.

Toutes les propriétés de ces dernières
préparations, auxquelles se rappor-
tent tous les prétendus spécifiques des
charlatans, des bonnes femmes, etc.,
se réduisent : les narcotiques à affaiblir la sensibilité de la dent, les ex-
citans à l'épuiser par l'augmentation
que leur première application lui fait
subir.

Quand la carie d'une dent est assez
profonde pour que la membrane qui
tapisse son intérieur soit à découvert,
on conçoit aisément combien il serait
illusoire d'espérer de faire cesser la
douleur qu'elle occasionne par quel-

ques-uns des moyens précédemment énumérés. La douleur peut bien disparaître pour un instant, mais aussitôt que la dent sera de nouveau mise en contact avec l'air, elle renaîtra. Dans cette circonstance, il faut avoir recours au plombage opéré par le métal fusible dont j'ai parlé à la page 159.

On voit donc que, quoique je me sois élevé avec raison contre les promesses que les charlatans et une foule de personnes imprudemment officieuses, font à l'occasion de tant de prétendus spécifiques, qu'ils donnent pour infaillibles à l'exclusion de tous les autres ; je ne prétends pas que certaines substances appliquées sur une dent ne puissent contribuer à faire cesser les douleurs dont elle peut être le siége ; mais je le répète, aucune de ces substances n'agit autrement que celles dont je viens de parler. Soutenir le contraire, serait le fait de l'imposture ou de l'ignorance.

9

Il reste donc évidemment démontré que toutes les personnes qui tiennent à conserver leurs dents, doivent, pour appaiser les douleurs dont ces organes sont si souvent le siége, s'adresser à un Chirurgien dentiste. Il possède pour cet effet tous les moyens qui peuvent être employés avec succès, et avec cette différence si importante à prendre en considération, qu'il sait les employer à propos, et que, quand la raison lui démontre qu'ils ne peuvent avoir aucun résultat avantageux, il évite aux personnes qui souffrent un temps qui donne souvent à la maladie les moyens d'augmenter, en leur en substituant quelques autres. Si le mal est le résultat d'une altération profonde de la dent, qui la mette au-dessus des ressources de son art, il en conseillera le sacrifice, et garantira ainsi par cette sage détermination les parties voisines de l'atteinte du mal.

§ II.

*De la composition de diverses prépara-
tions propres à calmer les douleurs des
dents, à raffermir les gencives, et à
tenir dans un état de propreté constant les différentes parties de la bouche.*

Une foule de préparations peuvent
remplir l'une ou l'autre de ces trois indications; mais je ne donnerai ici que
les formules simples, faites avec deux
ou trois substances, dont l'effet est bien
connu et dont le mélange n'est point
susceptible de donner lieu à de nouveaux produits en se décomposant.

Toutes les recettes, dit avec raison
Gariot (1), dans lesquelles on fait entrer une foule de drogues qui ont des
propriétés analogues, et quelquefois
très-disparates, forment des mélanges
bizarres qui ne valent pas ceux qu'on

(1) Ouvrage cité.

obtient par la combinaison de deux ou trois substances dont les qualités sont le mieux reconnues.

~~~~~~

Elixir propre à être employé le matin pour se rincer la bouche, avant et après l'emploi de la brosse et de la poudre dentifrice.

Prenez : Eau-de-vie de gayac........6 onces ;
Eau vulnéraire spiritueuse...*Idem ;*
Huile essentielle de menthe...4 gouttes.

On peut aromatiser cet élixir avec toute autre substance que la menthe, comme le gérofle, l'ambre, la rose, l'œillet etc. Quelques Dentistes y ajoutent un peu d'éther sulfurique, qu'il faut bien se garder de confondre avec l'acide du même nom, dont l'action corrosive peut produire les accidens les plus graves. On répand deux ou trois gouttes de cette liqueur dans l'eau dont on se sert avant et après l'emploi

de la poudre dont on aura jugé convenable de faire usage.

Cet élixir convient aux personnes
dont la bouche est dans un état de
santé parfaite; mais celles qui auraient,
soit quelques dents cariées, soit les
gencives habituellement saignantes ou
l'haleine très-forte, ce qui tient très-
souvent à une irritation chronique de
la membrane qui tapisse toute la bouche, feraient bien de lui substituer la
préparation suivante qui s'emploie de
la même manière.

Prenez : Eau-de-vie de gayac préparée . 4 onces ;
    Eau-de-vie camphrée........1 gros ;
    Essence de menthe.........6 gouttes ;
    Essence de cochléaria.......*Idem ;*
    Essence de romarin........10 gouttes.

Elixir odontalgique.

Prenez : Gérofle ⎫
    Opium ⎬ de chaque.....2 gros ;
    Canelle ⎭
    Pyrèthre...............1 gros ;
    Résine................1 demi-once;
    Eau-de-vie à 22 degrés....8 onces.

Cet élixir qui serait trop actif pour l'emploi journalier, comme objet de toilette, arrête quelquefois comme par enchantement certaines douleurs de dents. Il convient particulièrement à celles qui semblent être toutes nerveuses. Néanmoins dans celles qui sont purement inflammatoires, il a très-souvent suffi pour les suspendre tout-à-coup. Mais dans cette dernière circonstance, son emploi est moins rationnel que dans la première. On l'emploie en en imbibant un morceau de coton qu'on applique sur la dent malade, ou qu'on introduit dans sa cavité, quand elle est cariée.

Elixir propre à raffermir les gencives.

Prenez : Eau vulnéraire spiritueuse....8 onces ;
Esprit de cochléaria.........1 once ;
Huile essentielle de gérofle...4 gouttes.

Cet élixir convient aux personnes dont les gencives sont habituellement saignantes, ou blafardes et abandon-

nent le collet de la dent qui, man-
quant de soutien, devient chancelante
et cède aux plus légers efforts. On
l'emploie étendu dans l'eau, car s'il
était employé pur il substituerait une
inflammation active des gencives à
l'irritation passive dont elles sont ordinairement frappées dans ce cas.

Il est dans les saisons froides une
incommodité à laquelle sont plus particulièrement sujettes les personnes
d'un tempérament lymphatique, qui
à ces époques sont fréquemment
aussi tourmentées de maux de gorge,
de coryza, ou rhume de cerveau, c'est
le gercement des lèvres; je crois devoir donner ici la manière de faire soi-
même la pommade la plus agréable
et en même temps la plus avantageuse
qu'on puisse employer à ce sujet.

Prenez: Huile d'olives ou d'amandes
douces.... ....2 onces ;
Cire blanche............1 demi-once;
Eau de roses.............*Idem.*

On coupe la cire par petits mor-
ceaux, et on la met dans un vase assez
solide pour qu'il puisse résister à la fusion de la cire, on verse l'huile par-
dessus et on fait chauffer le pot au
bain-marie. Quand la cire est fondue,
on la coule dans un mortier, on ajoute
l'eau de rose et on l'agite jusqu'à ce
qu'elle soit entièrement refroidie; autrement on aurait un cérat grumeleux
et inégalement coloré.

Poudre dentifrice.

Prenez : Terre sigillée préparée....6 onces ;
Crême de tartre.........2 onces ;
Gérofle................1 scrupule.

Elle suffit ordinairement aux personnes qui ont les dents habituellement
blanches.

Autre plus compliquée.

Pierre-ponce............. 6 onces ;
Crême de tartre......... 2 onces ;
Laque carminée. .... 1 once ;
Canelle fine............. 2 gros.

De même que la première, cette poudre est propre à conserver l'éclat naturel de l'émail ; elle peut même être employée dans le cas où cet émail aurait besoin d'être rappelé à un état de blancheur que lui aurait fait perdre la négligence qu'on aurait apportée dans les soins journaliers que réclame la propreté de la bouche ; mais de même que la première, elle est composée de substances qui ne communiquent aucune couleur aux parties sur lesquelles on l'applique ; aussi je crois devoir donner ici la composition d'une poudre également simple, mais qui, à l'avantage de blanchir parfaitement les dents, joint celui de donner aux lèvres et aux gencives une belle couleur rose qui dure une grande partie de la journée.

Prenez : Corail rouge......... 4 onces ;
Sang dragon......... 1 once ;
Carmin fin.......... 1 demi-dragme ;
Écorce de citron...... 2 dragmes ;
Sucre blanc.......... 1 demi-once.

Quand on veut préparer soi-même ces différentes poudres, on ne saurait trop avoir le soin de porphyriser toutes les substances qui doivent les composer, pour les réduire en poudre impalpable et les mélanger exactement, car sans cette précaution elles ne seraient pas seulement désagréables, mais elles nuiraient aux dents.

Opiats.

Pour faire les différents opiats dentifrices, on prend les poudres ci-dessus indiquées, et on les mêle avec une quantité suffisante de miel de Narbonne purifié.

Telles sont la plupart des préparations qui doivent composer, presque exclusivement, la pharmacopée dentaire ou buccale. La plupart des poudres et autres préparations qu'on vend dans le commerce, sont en général composées de substances ou dange-

reuses par elles-mêmes, ou mal préparées. C'est cette considération qui
engage la plupart des Dentistes à tenir
chez eux-mêmes un dépôt de celles que
leur expérience particulière leur a
prouvé être du meilleur usage ; aussi
les personnes qui voudraient s'éviter
le désagrément de les préparer elles-
mêmes, feront-elles toujours très-bien
de se les procurer chez le Dentiste
qu'elles ont honoré de leur confiance.

FIN.

TABLE
DES MATIÈRES.

Introduction , ou Discours préliminaire destiné à faire sentir l'importance des soins que réclame l'entretien de la bouche.

CHAPITRE I.er

De la sortie des premières dents, et des moyens de prévenir et d'éviter les maladies qu'elle peut occasionner.

CHAPITRE II.

De la seconde dentition, et des précautions qu'elle nécessite pour s'effectuer régulièrement.

CHAPITRE III.

Application des règles générales de l'Hygiène ou des lois de la santé à la conservation des dents.

CHAPITRE IV.

Des règles suivant lesquelles doivent être dirigés les soins particuliers qu'exige la propreté des dents.

CHAPITRE V.

Des substances employées pour calmer les douleurs de dents, et pour les entretenir constamment propres et dans leur état de blancheur naturelle.

FIN DE LA TABLE.